N&K

Gabrielle Alioth
Wie ein kostbarer Stein

Roman

Nagel & Kimche

Gabrielle Alioth

Auf einem Bündel aneinandergenähter Papiere im Straßburger Stadtarchiv sind die Aussagen aufgezeichnet, die Frauen des Klosters auf der Werde 1413 vor dem Rat der Stadt zu Protokoll gaben. Die Ereignisse, die ihr Leben erschütterten, bildeten den Ausgangspunkt einer jahrelangen Faktensuche. Doch die Geschichte, die sich daraus ergab, ist zeitlos.

Umschlag von Urs Stuber unter Verwendung eines
Gemäldes von Albrecht Dürer

ISBN 3-312-00193-5

Die Äpfel lagen gelb im Gras unter den Bäumen. Mit gesenktem Blick kam Katharina durch den Garten auf mich zu. Ihr Rock streifte den Farn am Rand des Beetes, und seine Blätter wippten hinter ihr. Ich dachte, es ist etwas geschehen, ganz ruhig, als könne es nur den andern geschehen. Die Wärme des vergangenen Tages strömte aus der Kapellenwand und füllte die Luft mit einem mürben Geruch. Katharina setzte sich neben mich auf die Bank. Ihr Atem schien vom raschen Gehen zu zittern. Der Schrecken packte mich unerwartet, noch bevor sie den Brief aus der Tasche nahm und ich das Siegel sah.
Pia schrieb, wir müßten die Wahrheit sagen – nach all den Jahren. Die Wahrheit ist, daß der Himmel sich nicht aufgetan hatte und auch der Abgrund nicht. Als es nichts mehr gegeben hatte, worum ich noch hätte beten können, war ich gegangen, geflohen vielleicht. Ich sah Pias besonnenes Gesicht vor mir, wie sie die geschriebenen Worte über-

flog und den Brief zusammenfaltete. Damals hatte ich die Wahrheit nicht glauben wollen, und nun sollte ich zurückkehren, um sie zu bezeugen?

«Der Herr wird dich führen.» Die Röte war aus Katharinas Wangen gewichen, und sie atmete leise. Sie hatte seine Stimme im Rauschen des Waldes gehört und das Licht gesehen, das zwischen den Stämmen über den Waldboden glitt. Sie hatte keinen Grund, an seiner Gnade zu zweifeln. In der Abgeschiedenheit, sagte sie, kommt er den Menschen ganz nahe, und sie lernen, seine Zeichen zu deuten.

Als junge Frau hatte Katharina ihren Mann und ihre Kinder verlassen. Sie hatte Saatgut mitgenommen, den Zugochsen und den alten Knecht. Sie waren durch die Wälder gewandert, bis sie das Tal fanden. Und während das Korn zum ersten Mal reifte, begannen die Frauen sich um Katharina zu sammeln. Bis in die Stadt war die Nachricht gedrungen. Wir hatten in den Gängen des Stifts davon gesprochen. Wie Unkraut wuchere die Schar in der Wildnis, hatte Pia damals gemeint, schon im nächsten Jahr werde sie vergehen. Doch sie täuschte sich. Während wir die Holunderbüsche im Kreuzgang jeden Frühling stutzten und die jungen

Triebe des Efeus abbrannten, damit sie nicht über die Wege wucherten, wuchs die Schar der Frauen, die in ihrem grünen Tal ihre eigenen Felder bestellten, und als ich das Stift verließ, überlegte ich nicht, wohin ich gehen wollte.

In der Mitte des zweiten Tages hatte ich den Rand des großen Waldes erreicht, ich war stehengeblieben und hatte zurück geschaut. Noch nie hatte ich die Stadt aus der Ferne gesehen. Mein ganzes Leben hatte ich in ihren Mauern gelebt, im Haus des Onkels zuerst und dann im Stift mit dem kleinen, umschlossenen Friedhof. Nun stand ich am Hang über den Reben, und meine Füße schmerzten vom langen Gehen. Aus dem Wald hinter mir strömte der Duft feuchten Holzes. Die Stadt war ein grauer Fleck, aus dem der Turm des Münsters wie ein Finger in die Höhe ragte.

Nie zuvor hatte ich mich so frei gefühlt. In den Dörfern waren die Leute mit knappem Gruß an mir vorübergegangen. Keiner hatte den Kopf geneigt und um meinen Segen gebeten. Sie erkannten die Priorin nicht im geliehenen Kleid der Magd, und weil ich nicht zu ihnen gehörte, maßen sie mich auch nicht. Ich hätte mit ihnen über die letzte Ernte reden können, den vergangenen Win-

ter und den Tod eines alten Mannes. Keiner hätte wissen wollen, was ich verbarg.
Die ersten Tage waren von Staunen erfüllt. Voller Wunder war mir der Ort zwischen den Wäldern erschienen, eine Lichtung eher als ein Tal, ein paar Felder, ein Bach und der See weiter oben. In einer kleinen Gruppe, als hätte das Wasser sie angeschwemmt, standen die Häuser der Frauen um die Kapelle und den Garten dahinter. Jeden Morgen war ich durch die Wiesen zum See gegangen. Es war Frühling, und der Tau drang mir durch die Schuhe, die ich aus der Stadt mitgebracht hatte.
Einmal war ich den steilen Pfad hinter dem See durch Hagebutten- und Brombeersträucher hinaufgestiegen. Die Ranken zerrten an meinem Rock, die Füße rutschten auf dem feuchten Grund. Auf einer Anhöhe hielt ich inne, um die Kratzer auf meinen Armen zu besehen. Dann erst blickte ich hoch. – Wie ein Baldachin breiteten sich die Blüten über mich, weiß auf blauem Grund.
Bezaubert lief ich den Hang hinunter, und es hätte mich nicht überrascht, hätte ich an diesem Morgen den Gesang der Vögel verstanden. Im Garten hinter der Kapelle traf ich auf Katharina. Sie hörte mir zu. Sie kannte die alten Bäume, die keine Früchte

mehr trugen, und sie begriff meine Begeisterung nicht.

Katharina war nicht mehr jung, als ich zu ihr kam, aber ihr Gesicht war sorglos als kennte sie keine Enttäuschung. Ich hatte auf sie herabgeblickt; kleine, zierliche Katharina, und im ersten Moment geglaubt, auch sie beschützen zu müssen. Mit der Zeit begriff ich, wie viel stärker sie war als ich. Als der Gesandte des Bischofs kam, hieß sie ihn zwischen den Frauen in der Küche sitzen. Seine Füße waren verwachsen und schuppig. Die Zehennägel berührten den Boden, während seine Schuhe am Feuer trockneten. Er aß mit uns wie ein gewöhnlicher Pilger. Jedesmal wenn er sprach, verzerrte sich sein altes Gesicht, als sei der Zorn die einzige Regung, die ihm geblieben war. Am nächsten Morgen verließ er das Tal. Bevor er ging, neigte er den Kopf, und Katharina segnete ihn. Keine der Frauen war zu ihrer Familie zurückgekehrt, wie der Bischof es befohlen hatte, und den Gesandten hatten wir nicht wiedergesehen.
Ich erinnere mich an Katharinas Gesicht, als ich sie bat, bei ihr bleiben zu dürfen. Monate waren seit meiner Ankunft vergangen, doch jeden Tag erwartete ich die Nachricht,

die mich in die Stadt zurückholen würde. Es war ein feuchter Morgen. Ich arbeitete allein im Garten. Die Erde klebte an meiner Hacke, und die Brennesseln, die zwischen Fenchel und Zwiebeln wuchsen, verbrannten meine Finger. Ich bemerkte Katharina erst, als sie neben den Apfelbäumen stand. Behutsam griff sie nach einem der Zweige und tastete in den verblühten Knospen nach der winzigen Frucht.

Am Abend des gleichen Tages ging ich zu ihr. Ich wollte nicht länger diejenige sein, die wieder geht, mit der es sich nicht lohnt, über den nächsten Winter, den nächsten Frühling zu sprechen, und vielleicht hoffte ich auch, die Vergangenheit werde verblassen, wenn ich eine Zukunft vor mir sähe. Ich bat Katharina, mich in den Kreis ihrer Frauen aufzunehmen, und sie lächelte... Sie fragte nicht, was mich aus der Stadt vertrieben hatte, und als ich es ihr später zu erklären versuchte, hörte sie mir nicht zu. Meine Gründe klangen kleinmütig in dem grünen Tal, und die Angst war fast vergessen.

Siebzehn Jahre bin ich bei Katharina geblieben, bis ich vierzig war. Ich entsinne mich des ersten Sommers, des ersten Herbstes, danach glichen sich die Jahre. Unmerklich zog der Himmel sich über mir zusammen, und ich hob den Blick nicht mehr.

Wie ein feines Netz hat sich die Zeit über Katharinas Gesicht gebreitet. Ich bemerkte es nicht, so selbstverständlich ließ das Leben seine Spuren zurück. Bis ich den Brief in Händen hielt. Da sah ich Katharina für einen Moment mit den Augen von früher. Der Tod hatte bereits begonnen, ihre Wangen zu straffen.

Wir saßen schweigend nebeneinander. Die Umrisse der Tannen zerflossen zu schwarzen Flecken, und das Rauschen des Bachs wurde lauter. Ich war auch gestern auf dieser Bank gesessen und an vielen Abenden zuvor. Ich hatte die Müdigkeit in meinen Gliedern gespürt und an die Arbeit des vergangenen Tages gedacht. So sorglos war ich gewesen. Und doch hatte ich die ganze Zeit auf diesen Brief gewartet.

Während die Frauen beim Morgengebet in der Kapelle knieten, packte ich meine Sachen. In der Dämmerung fliegen die Krähen des Abends aus den Feldern auf und ziehen über den Himmel, jede für sich, kreischend und flügelschlagend, doch alle mit dem gleichen Ziel. Ich bin ihnen mit meinen Blicken gefolgt und habe mir ge-

wünscht, in ihrer Mitte zu sein, unbestimmbar im steten Wechsel der anderen. So wollte ich zu Katharinas Frauen gehören, die ihr Tal Jahr für Jahr zum Blühen brachten und ernteten, was es ihnen überließ. Ich hab ihnen auf die Hände geschaut bei der Arbeit, beim Beten, ich habe ihr Leben geteilt, und sie ließen mich in dem Glauben, es gäbe keinen Unterschied mehr zwischen uns. Erst als ich gehen mußte, sah ich, daß auch sie es nicht vergessen hatten. Es war keine Verwunderung in ihren Gesichtern, als Katharina ihnen sagte, ich würde das Tal verlassen.
Sie stand im Vorhaus der Kapelle. Ich sah ihre Bewegung im Dunkeln hinter den Fensterbögen. Es war still, die Frauen waren bei der Arbeit, außer dem Summen der Wespen war kein Geräusch zu hören. Sie mußte im Verborgenen auf mich gewartet haben. Während ich über den sonnenbeschienenen Platz auf Katharina zuging, überlegte ich mir, ob sie meine Aufmerksamkeit absichtlich auf sich gezogen hatte. Wäre ich ohne Abschied gegangen, wenn ich sie nicht gesehen hätte?
Sie begleitete mich zur Brücke, bis zu dem hölzernen Steg, der über den Bach führt, dort legte sie die Arme um mich, und ich spürte das Zittern in ihrem Körper. Einen

Augenblick lang ließ ihre Umarmung mich schwanken, und ich wußte, daß ich diese letzte Berührung nicht vergessen würde.

Ich drehte mich nicht mehr um. Ich ging quer über die Wiesen den Hang hinauf, und nach wenigen Schritten war ich im Schatten der Tannen verschwunden. Der Brief hatte mich ins Zwielicht der Stadt zurückgebracht.

«WEIN NICHT», SAGTE DIE FRAU MUTTER, «du bist kein Kind mehr.» Margareta saß auf dem Wagen neben ihr. Amama hatte das gleiche gesagt, als sie am Abend zuvor Margaretas Kleider zu einem Bündel zusammenschnürte, doch es klang anders aus dem Mund dieser Fremden. Natürlich hatte Margareta gewußt, daß sie Amama eines Tages verlassen würde. Die Eltern würden sie holen. Das hatte Amama ihr gesagt, nicht aber, daß es so weh tun würde. Unaufhaltsam glitten die Felder am Wagen vorbei. Margareta wischte sich die Tränen ab. An ihren Händen klebte der süße Duft der unbekannten Frau.

Schon von weitem sah ich die Weinleser in den Reben. Als ich näher kam, grüßten sie mich, freundlich, ohne länger als nötig von ihren Körben aufzusehen. Die Jahre auf Katharinas Feldern hatten die Blässe aus meinem Gesicht getilgt, mein Gang war bedächtig geworden. Ich unterschied mich nicht mehr von ihnen. Noch war es möglich, die Richtung zu ändern. Ich konnte nach Norden gehen, bis ich die Sprache der Leute nicht mehr verstand, oder zum Fluß, auf dem die Pilgerschiffe gen Süden fuhren. Viele glaubten, in den Bergen vor dem Altar der Schwarzen Madonna Erlösung zu finden. Pia hatte stets den Mund verzogen, wenn die Frauen in unserem Stift darüber redeten. Die Geheilten gaben den Mönchen Gold, und der Abt hatte den Mantel der Statue mit kostbaren Steinen verzieren lassen. In ihrer Kammer spottete Pia über die Einfältigen, die glaubten, sie könnten sich ihr Seelenheil mit ein paar Münzen und einem Gebet am rechten Ort erkaufen.

Ich folgte dem Weg durch die Hügel hinab. Es war ein windstiller Abend, der Himmel von einem matten Blau, aus den Gräben stieg die Kälte. Das Haus stand allein zwischen leeren Weiden und Feldern, ein kleines Haus mit einer schiefen Scheune. Hinter einer Hecke wucherten Disteln in unbestellten Beeten. Aber ich glaube, es waren die Fenster, die mir den Eindruck gaben, das Haus sei unbewohnt. Ich erwartete nicht, daß jemand mein Klopfen hörte, und als sich die Türe dann öffnete, fuhr ich zusammen. Ein kleines Mädchen ließ mich in die Stube ein, ohne mich anzusehen. Es war ein düsterer Raum. Auf dem Herd dampfte ein Topf. Ich hatte den Rauch nicht bemerkt, der aus dem Kamin aufsteigen mußte. Die Bäuerin füllte mir den Becher mit Wein. Sie hatte ein verquollenes Gesicht, und sie bewegte sich mühsam, als hätte sie Schmerzen. Der Wein schmeckte süß. Die Kinder am Tisch seien nicht ihre, sagte sie, und sie erzählte von den vornehmen Frauen, die ihr früher die Söhne und Töchter zum Stillen gegeben hatten. Die Namen erschreckten mich, ich hatte nicht gewußt, daß die Stadt schon so nahe war. An der Wand über dem Tisch war ein heller Fleck, als habe früher ein Bild dort gehangen.

Die Bäuerin füllte den Brei in die hölzernen Schalen, sie dankte dem Vater, dem Sohn, dem Heiligen Geist. Während des Essens redete sie in einem fort, als fürchte sie, ich könnte sie unterbrechen, und ihre Augen glitten unablässig über mein Gesicht. Als sie erfuhr, daß ich auf dem Weg in die Stadt war, verstummte sie. Sie füllte die Becher aufs neue. Wie sie wieder zu sprechen begann, war ihre Stimme weicher, ihre Augen ließen mich in Ruhe.

Die Kinder aßen mit gesenkten Köpfen. Das Mädchen, das mir die Türe geöffnet hatte, mußte die Älteste sein, neun oder zehn vielleicht, aber auch die andern waren zu alt, um bei einer Amme zu leben. Sobald sie ihre Schalen ausgekratzt hatten, schickte die Bäuerin sie vom Tisch. Da erst bemerkte ich, daß dem Mädchen ein Auge fehlte.

Die Bäuerin zündete eine Kerze an. Der brennende Docht zischte im Talg. Ich sah mich selbst neben der schwatzenden Frau sitzen, als stünde ich draußen in der Nacht und blickte in die Stube hinein. In russigen Zotteln hing der Schmutz von der Decke. Ungeziefer kroch über den Boden, und auf dem Tisch klebten Essensreste. Das Gerede der Bäuerin nagte in meinem Kopf. War es die Heimlichkeit, mit der sie von ihren Nachbarn sprach, oder die Verehrung für diesen Priester, der sie in ihren eigenen Häusern beichten ließ? Ich hörte nur mit halbem Ohr hin.

Es kam mir mit einem Mal unglaublich vor, daß ich in die Stadt zurückkehren würde.

Siebzehn Jahre waren vergangen, seit ich den Ring mit dem Siegel des Stifts vom Finger gezogen hatte, ich hatte das Amt der Priorin niedergelegt, ich schuldete ihnen keine Rechenschaft mehr. Warum hatte ich Pias Brief nicht beiseite gelegt, wie irgendeinen Teil meiner Vergangenheit, der keine Bedeutung mehr hat? In kleinen Schlücken rann der Wein durch meinen Hals.

Ihre Worte hatten mich geblendet, die geraden, klaren Striche. Nicht um die Wahrheit ging es, wie Pia geschrieben hatte, es war nie um die Wahrheit gegangen, sondern allein um die Schuld. Nach siebzehn Jahren wollten sie jemand für Margaretas Tod bestrafen. Ich dachte an die vom Kerzenlicht erleuchtete Kapelle, in der Katharina im Kreis der Frauen das Nachtgebet sprach. Was hatte mich dazu getrieben, sie zu verlassen, um dem Henker entgegenzugehen?

Die Bäuerin ließ mich nicht in der Scheune schlafen. Als der Weinkrug leer war, führte sie mich in die Kammer hinter der Stube. Auf einem Laubsack lagen die Kinder, wie junge Tiere ineinander verschlungen. Die Bäuerin blies die Kerze aus. Ich hörte, wie sie den Rock abstreifte, dann stieg sie neben

mir ins Bett. Durch die Decken spürte ich die Wärme ihres schweren Leibes.
An der Wand hinter der Truhe hatte ich, bevor das Licht erlosch, den Rand eines Bildes gesehen. Vielleicht war es früher in der Stube über dem Tisch gehangen. Es schien mir mit einem Mal von großer Bedeutung. Immer wieder tastete ich in der Nacht nach der Truhe, nach dem Bild dahinter. Ich spürte die bemalte Fläche, ein feines Netz von Linien unter meinen Fingern. Aber ich konnte es nicht sehen. Wie bleierne Kappen lagen die Lider auf meinen Augen.
Erst gegen Morgen wich die Rastlosigkeit von mir. Zu erschöpft, um noch auf den schnaufenden Körper neben mir zu achten, versank ich in einen traumlosen Schlaf. Als ich die Augen aufschlug, war die Kammer von grauem Licht erfüllt. Vorsichtig richtete ich mich auf. Die Bäuerin hatte sich im Schlaf von mir abgewandt. Ihre Haarsträhnen ringelten sich auf dem Kissen. Das Hemd war ihr über die Schulter gerutscht und hatte den Rücken entblößt. In engen, gekreuzten Schlingen umschnürte ein Strick ihren Leib. An manchen Stellen schien das Fleisch sich über dem groben Strang zu schließen.
Die Kinder regten sich. Mit zitternden Händen raffte ich meine Kleider zusammen.

In der Stube roch es nach kalter Asche. Die ausgekratzten Schalen standen noch auf dem Tisch, und unter den Bänken raschelte es. Ich hätte mich bei der Bäuerin für Speise und Trank bedanken sollen und für das warme Bett. Statt dessen schlich ich mich im Schutz der Hecke davon. Welche Sünde wollte sie mit dieser Buße tilgen?
Es war ein kalter Morgen. Die Dämmerung hob sich zögernd von den Feldern, und in den Büschen blieben Schatten zurück. Meine Füße traten hart auf den Boden. Das Bild hinter der Truhe fiel mir wieder ein. Vor vielen Jahren hatten sie in der Stadt Ketzer verbrannt, weil sie die Statue der Muttergottes nicht ehren wollten.
Ein Knecht kam mir entgegen mit einem leeren Wagen. Er starrte mich an, und einen Moment lang war mir, als hätte die Nacht bei der Bäuerin ein Mal in meinem Gesicht hinterlassen.
Braun und gerade zog sich die Straße dahin, wie von einem riesigen Pflug in die Felder gegraben. Sie sah anders aus als vor siebzehn Jahren. Damals hatte ich im Morgengrauen zwischen Gesellen und Pilgern darauf gewartet, daß das Stadttor sich öffnete. Ich trug den geliehenen Rock. Um den Kopf hatte ich ein Tuch geschlungen, wie eine Magd.

Die Wachen erkannten mich nicht. Der Strom der schwatzenden, stoßenden Menschen trug mich durch die Vorstädte ins Land hinaus.
Jetzt war die Straße leer. Die Ebene breitete sich wie ein dunkler Teich um mich. Alle Wege führten auf die Stadtmauer zu. Es hätte nichts geändert, hätte ich in diesem Moment die Stille auf den Feldern bemerkt, die ungewohnte Leere der Straße. Auch wenn ich gewußt hätte, was mich erwartete, wäre ich nicht mehr umgekehrt.
Der Wind trug mir den Geruch der Stadt entgegen, den Gestank des Flußbettes. Wie hatte ich ihn vergessen können? Wochen, nachdem das Wasser die schlammige Böschung wieder bedeckte, hatte er noch in unseren Haaren, unseren Kleidern geklebt und uns an die schwüle Hitze erinnert. Auch in jenem Sommer, in dem Margareta starb, hing er in der Luft, und in den Nächten glaubte ich daran zu ersticken.

MARGARETA SAH DIE MAUER zwischen den Hütten. Am Straßenrand saßen Menschen. Ein Mädchen hielt ein schreiendes Kind. Im Abendlicht schien ihr Gesicht ganz weiß. Als

sie näher kamen, entdeckte Margareta die Bewaffneten auf den Zinnen. Das Tor führte in eine dunkle Gasse hinein. Die Dächer der Häuser berührten sich fast, so dicht standen sie beieinander, als preßte die Stadtmauer sie zusammen. Hinter manchen Fenstern brannte flackerndes Licht. Der Klang der Hufe schlug von den Hauswänden zurück.
Das Haus der Eltern war voller Treppen. Auf den Fluren reihten sich dunkle Türen aneinander, und Margaretas Herz klopfte, als sie hinter der Magd an ihnen vorüberging. Lautlos öffnete sich eine der Türen vor ihr. Margareta senkte den Blick. Sie hörte Männerstimmen, Schritte. Später sagte die Magd, der Ältere sei ihr Vater gewesen.
Margareta blieb allein in der Kammer. Das Bett war schmal. Auf allen Seiten stieß sie an Kanten. Sie vermißte die Wärme der andern Kinder unter der Decke. Im Halbschlaf meinte sie, das Bettgestell gleite unter ihr davon.

ALS ICH DURCH DAS TOR GING, wanderten meine Augen unwillkürlich über die mächtigen Quader. Wie eine Fremde, dachte ich, die zum ersten Mal die Stadt betritt. Es fiel

mir nicht auf, daß sie die Wachen auf der Mauer verdoppelt hatten. Die Gassen erschienen mir enger, die Häuser fremd mit den kantigen Simsen, den blanken Scheiben. In meiner Erinnerung waren die Farben matter gewesen. Überall stieß ich auf Vergessenes, die Namen auf den Ladenschildern, der geschnitzte Bär am Haus der Ingolts. Neugierig schaute ich den Leuten ins Gesicht. Sahen sie, daß ich eine von ihnen war, eine, die nach vielen Jahren zurückkam? Ich erkannte ihre Mienen, die Art, wie sie gingen, und ich war versucht, sie anzusprechen. Hatte mich jener Mann im pelzbesetzten Mantel früher nicht gegrüßt? Sie waren sich so ähnlich unter ihren Hauben und Kappen, nun da ich andere Gesichter gewöhnt war.
Auf der Brücke erblickte ich über den Giebeln der Häuser das Münster. Zufrieden betrachtete ich es. All die Jahre hatten an seinem Anblick nichts ändern können. Nie würde ich die steinernen Rosen und Friese mit unbeteiligten Augen sehen. Nie würde ich über die Brücke gehen, ohne mich des Morgens zu erinnern, an dem die Schwäne mit surrenden Schwingen über meinen Kopf hinzogen. Damals war ich ein Mädchen gewesen, und ich hatte gedacht, die weißen

Vögel verkündeten mir eine glückliche Zukunft. Es konnte kein Zufall sein, daß sie am selben Tag erschienen, an dem ich den Schleier bekam. Hochmütig bewahrte ich die Erinnerung an die fliegenden Schwäne, und jedesmal wenn ich das Surren in der Luft wieder hörte, dachte ich, es gelte mir.
Als ich die Mauer des Stifts auf der anderen Seite des Platzes erblickte, stockte ich. Sie sah nicht anders aus, als vor siebzehn Jahren, glatt und weiß, das Portal von grauem Sandstein umrahmt. Ich mußte weitergehen, bevor die Schwäche mich lähmte.
In kleinen Gruppen kamen Leute aus dem Münster, das Ende einer Messe. Unter ihnen war eine Frau in einem weiten Mantel. Mit weitausholenden Schwüngen zog sie den einen Fuß nach sich, wie ein verletzter Vogel. Ich blieb im Schatten eines Hoftors, bis sie vorüber war. Während ich über den Münsterplatz auf die weiße Mauer zuging, dachte ich an Pias Brief.

Unter der Pforte des Stifts schlug mir die Angst entgegen. Die Gesichter der Frauen waren verzerrt. Hätte ich sie noch erkannt, wenn sie mir auf der Straße begegnet wären? Nur Pias Ausdruck war unverändert. Sie begrüßte mich freundlich, doch ihre Augen

streiften mich bloß. Es dauerte eine Weile, bis ich begriff, daß es nicht meinetwegen war, warum die Frauen sich fürchteten. In ihrer niedrigen Stube hinter der Bibliothek berichtete mir Pia am Abend von dem heranziehenden Feind. Auf ihrem Pult und auch auf dem Boden lagen Bücher in sorgfältig aufgeschichteten Stößen. Die verblichenen Rücken schienen mir bekannt. Waren es dieselben wie damals?
Pia hatte nie daran geglaubt, daß wir die Freiheit hatten, zwischen richtig und falsch zu wählen. Wenn ich in jenem Sommer voller Sorge vom Dachstock zurückgekehrt war, saß sie über ihren Schriften und hörte mich gleichmütig an. Sie verstand nicht, warum ich mich fürchtete. Es lag alles in Gottes Hand. Den Tränen nahe, bestand ich auf meinen Zweifeln und daß nur sie den Glauben zur Tugend erheben. In ihrer nüchternen Weise bezichtigte sie mich einer kleinlichen Logik, mit der ich mir das Himmelreich zu erklären suchte. Kein einziges Mal ist Pia ins Wanken geraten, und nachdem wir Margareta begraben hatten, war sie zu ihren Büchern zurückgekehrt.
Mit der gleichen tonlosen Stimme wie damals erzählt sie nun von dem Angreifer, der die Stadt bedroht. Ich hatte nicht bemerkt,

daß die Vorstädte ruhiger waren als sonst. Während des ganzen Weges hatte ich mir vorgestellt, sie würden mich vor den Rat des Kapitels führen. Ich hatte mich an den düsteren, von dicken Säulen getragenen Saal erinnert, in dem ich dem Provinzial einst Gehorsam gelobt hatte. Die eine Hälfte war von einem Gewölbe bedeckt, die andere von hölzernen Rauten, als sei die Täfelung der Wände im Verlauf der Jahre über die Decke gewachsen. Die Herren hatten in dem schwarzen Gestühl gesessen, das sich der Wand entlangzog, und ihre Leiber waren mit den Schnitzereien verschmolzen. An dem Morgen, an dem sie mich zur Priorin machten, war ein Raunen im Saal. Der Provinzial blickte beharrlich in das aufgeschlagene Buch. Meine Stimme zitterte. Ich hatte mir diesen Moment herbeigewünscht. Aber anstatt die Zuversicht zu spüren, mit der ich gerechnet hatte, sah ich den Saal vor meinen Augen verschwimmen. Der Ring schien schäbig an meiner Hand.
Je näher ich der Stadt gekommen war, umso hartnäckiger waren die Ankläger in meinem Kopf geworden. Immer wieder hatte ich meine Rechtfertigung von vorne begonnen mit anderen Worten. Aber aus jedem Satz, den ich formte, wuchsen neue Fragen. Wie

sollte ich erklären, was ich selbst nicht verstand: unser Abwarten in jenem Sommer, in dem Margareta starb?

Pia verstummt, und es ist still in der Kammer. Wie das Rauschen des Regens hat ihre gleichförmige Stimme meine Gedanken begleitet. Ich habe schon lange nicht mehr auf ihre Worte geachtet, ich weiß nicht, was ich ihr erwidern soll. Meine Glieder spannen, als wären sie von einer Last befreit. Der unbekannte Feind vor der Stadt hat die Richter in meinem Kopf zum Schweigen gebracht. Niemand wird mehr nach Margareta fragen.

DIE KAMMER WAR GRÖSSER als am Abend zuvor. Nach einiger Zeit hörte Margareta Stimmen im Haus. Sie zog das Kleid an, das ihr die Magd gegeben hatte. Es war aus hartem, braunem Tuch, eng um die Brust. Bei jedem Schritt fürchtete Margareta, auf den Saum zu treten. Erst auf dem Flur kam ihr in den Sinn, daß sie nicht wußte, wohin. Sie ging den dunklen Türen entlang. Hinter einer meinte sie ein Kratzen zu hören, wie von einem eingeschlossenen Tier. Zögernd drückte sie auf die eiserne Klinke.

Der Raum war leer, nur ein Bett stand darin, und an der Wand hing ein Kreuz. Margareta ging näher. So hatte sie ihn sich vorgestellt: ausgestreckt, aufgenagelt, mit hängendem Kopf. Ganz deutlich bohrten die Dornen der Krone sich in seine Stirn. Sie hörte ein Röcheln, und ihr Blick fiel auf das Gesicht in den Kissen, den hohen, kahlen Schädel mit halbgeöffnetem Mund. Die geschlossenen Lider zuckten – wie die dünne Haut am Hals der Hühner. Starr beobachtete Margareta die beiden Spalten, hinter denen allmählich die Augäpfel hervortraten. Der Blick durchdrang sie, als biete sie keinen Widerstand. Das Röcheln kam in rasselnden Zügen. Nach unermeßlicher Zeit schlossen die Lider sich wieder.

Margareta ging in ihre Kammer zurück. Mit gefalteten Händen saß sie auf der Kante des Bettes. Später kam eine Magd und führte sie in die Küche. Sie wagte nicht, nach der alten Frau zu fragen, und niemand erwähnte sie.

Am nächsten Morgen stand Margareta wieder vor der Türe. Schon auf der Schwelle vernahm sie das Röcheln. Auch an den folgenden Tagen konnte sie nicht an der Kammer vorübergehen. Wenn sie das Zimmer der sterbenden Frau betrat, rückten die düsteren Flure des Hauses von ihr weg. Selbst

das Sonnenlicht, das an manchen Tagen auf die Decke fiel, schien ein ganz anderes zu sein, als das, welches Margareta von ihrem Fenster aus auf dem Dach des Nachbarhauses sah.
Die Lider der alten Frau öffneten sich nicht mehr. Während Margareta das vom Atmen verzerrte Gesicht betrachtete, fragte sie sich, ob die Sterbende ihren Blick wohl spürte. Sie wünschte sich, ihr Erbarmen möge sich wie ein Tuch um die Träume der Unbekannten legen und ihre Schmerzen und ihre Einsamkeit lindern. Am Kreuz an der Wand hing der kleine, kräftige Körper, aus dem das Leben floß. Wie gnädig war ihm der Vater gewesen, daß er ihn in einem einzigen Tag sterben ließ…
Margareta beschloß, nicht mehr in die Kammer zu gehen. Sie betete, das Atmen dort drin möge aufhören. Doch am nächsten Tag stand sie erneut vor dem Bett. Eines Morgens war das Röcheln verstummt. Der Mund der alten Frau war geschlossen. Sie hatten ihr ein Tuch um Kinn und Schädel gebunden. Zwischen den Lippen glänzte ein brauner Saft. Aus dem Leib an der Wand floß noch immer das hellrote Blut.
Niemand im Haus sprach vom Tod der alten Frau. Am nächsten Tag stand die Tür der

Kammer offen. Das Bett war verschwunden und auch das Kreuz an der Wand. Der Boden war naß von Seifenlauge, durch das offene Fenster drang kalte Luft.

Ich sehe den Umriss des Fensters zwischen halbgeöffneten Lidern. An den Wänden widerspiegelt sich das Sonnenlicht. Nur in der Stadt hat der Morgen diesen weißen Glanz. Ich bin zurückgekommen, ich liege in meiner Kammer über dem Refektorium des Stifts. Stimmen dringen vom Münsterplatz zu mir herauf, Hämmern und Sägen. Ich könnte aufstehen und durch die Gassen gehen. Auf dem Markt gäbe es Safran und roten Ingwer zu kaufen. Ich könnte dem Fluß entlang gehen oder zu dem Haus, in dem ich ein Kind gewesen bin. Der Rat hat es dem Greder verkauft, nachdem der Onkel die Stadt hat verlassen müssen.
Als die Glocke zur Morgenandacht läutet, gehe ich hinunter. Ich knie mit den Frauen in der Kirche des Stifts. Sie scheinen mir vertrauter als am Tag zuvor. In den Sonnenstrahlen, die durch die Fenster fallen, liegt Staub. Pia lauscht mit unbewegtem Gesicht der Vorleserin. Ist es möglich, daß ihre Züge

weicher geworden sind? In dem Sommer vor siebzehn Jahren war es mir nicht gelungen, mich ihrem Willen zu widersetzen. Verzweifelt über meine Schwäche hatte ich die Stadt verlassen. Ich versuche mich an das Lächeln zu erinnern, mit dem Pia mich empfangen hat. Haben die Jahre in der Lichtung zwischen den Wäldern mich von ihrem Bann befreit?

Sie hatte geschrieben, man stehe uns nach Seele und Ehre. Ich hatte mir vorgestellt, jemand drohe ihr, das Vergangene ans Licht zu ziehen, Margaretas Verschwinden und ihren Tod. Gewiß hatte Pia nicht zufällig das Kloster auf der Werde erwähnt. Sieben Jahre hatte dort das Interdikt gedauert. Nur weil die Meisterin für die Frauen sprach, wurde es aufgehoben. Ich erinnerte mich, wie wir als Kinder für die Schwestern beteten. Wir erfuhren nicht, warum sie keine Messe mehr hören durften. Als der Bischof das Verbot dann aufhob, läuteten die Glocken der Stadt. Niemand hat diese Schande je vergessen. Befürchtet Pia, dem Stift könne das gleiche widerfahren? In ihrer Stube am Abend zuvor hat sie den Brief mit keinem Wort erwähnt.

Noch immer klingt das Hämmern vom Münsterplatz. Die Frauen beten mit angespannten Gesichtern. In meiner Erinnerung hatte ich sie nie so andächtig gesehen. Die Furcht vor dem Feind muß sie aus ihren gewohnten Ränken gerissen haben. Ich werde Pia später nach dem Grund des Briefes fragen, wenn die Aufregung vorüber ist. Die Frauen erheben sich. Der Staub wirbelt durch die Sonnenbahnen. In dünnen Rinnsalen fließen die Schatten der roten Scheiben über den Altar.

Ich weiß nicht, wann ich begann, auf die Gerüchte zu achten. Die Wärme der Tage ließ mich vergessen, daß der Sommer zu Ende ging. Als die Stare mit lautem Geschrei aus den Holunderbüschen aufflogen, erschrak ich. Jetzt würden Katharinas Frauen die Pflaumen pflücken. Im letzten Herbst waren meine Finger tagelang braun verfärbt gewesen, und der süße Dampf in der Küche hatte meine Haare verklebt.
Auf dem Markt in der Stadt verkaufen sie die Nüsse mit grünen Schalen, als hätten sie keine Zeit, bis zur Reife zu warten. Verwirrt betrachte ich die besorgten Gesichter der Händler. Wer sollte wagen, die Stadt zu belagern? Selbst wenn es stimmt, daß sie Dörfer und Höfe überfallen, müßten die Befestigungen jeden Angreifer entmutigen. Ich stelle mir vor, wie die Ratsherren in ihren

langen Roben durch das Lager der Plünderer schreiten, von tausend Augen bewacht. Sie werden sich auf ein Lösegeld einigen, lange bevor sie die Schwerter zücken, und der Feind wird mit lautem Gezeter abziehen. Aber die Angst legt sich nicht. Die Frauen gehen eiliger als sonst durch die Gänge des Stifts, sie schreiben Briefe, senden Kuriere, und am Abend sehe ich sie in kleinen Gruppen im Kreuzgang stehen. Sie reden über den unbekannten Feind. Ihr Geflüster weckt ein Unbehagen in mir, wie damals als mir die Magd im Haus des Onkels von Gnomen und Geistern erzählte. Unvermittelt brechen die Frauen im Kreuzgang in Gelächter aus, und es klingt übertrieben.

Agnes ist die erste, die geht. Eines Tages steht der Wagen ihres Vetters vor der Pforte, und ihre Stimme gellt durch die Gänge, während sie die Mägde beim Packen antreibt. Pia hindert sie nicht. Agnes hat das Stift stets verachtet, und alle wissen, wie es zwischen ihr und ihrem Vetter steht. Aber als ich am Abend im Refektorium die gesenkten Köpfe der Frauen betrachte, ahne ich, daß auch sie die Stadt verlassen werden.
Viele Edle haben beschlossen zu bleiben. Die von Harzheim, die von Achtern und die von

Ennzigen haben im Rat verkündet, sie würden die Stadt mit eigenen Händen verteidigen, und sie stimmten dafür, die Güter derjenigen zu pfänden, die die Mauern verlassen. Wer könne wissen, ob diese sich zum Schluß nicht wieder mit dem Feind verbünden würden, so wie vor fünfzig Jahren? Die Frauen im Stift kümmert das nicht. Sie haben keine Habe in der Stadt, und in ihren Herzen sind sie stets in den vornehmen Stuben geblieben, in denen sie als Tochter oder Ehefrau walteten, bis Knappheit oder Gram sie von ihrem Platz vertrieben. Die Stadt ist für sie der Klang der Kirchenglocken und der Gestank des Flusses im Sommer. In der Woche vor Allerheiligen verlassen achtzehn das Stift, drei Tage danach sind auch die andern gegangen. Vom Münsterturm aus, heißt es, sehe man den Rauch brennender Dörfer.

Zum Schluß geht auch Pia. Während die andern in den Gängen beisammenstanden, von ihren Plänen redeten und auf die Wagen warteten, war Pia wie immer in ihrer Stube über den Büchern gesessen. Nie hatte mich der Gedanke gestreift, daß auch sie gehen könnte.

Ich habe Pia vom ersten Tag an bewundert, als sie neben mir am Tisch der Novizinnen saß. Ihre Haube lag so ordentlich um ihr Gesicht, und der Rock war straff unter dem

Gürtel gefaltet. Sie hatte helle, kühle Augen, und die Brauen waren wie mit einem Kohlestift in ihr Gesicht gemalt. Sie war nicht schön, mit den flachen Wangen, dem knappen Mund, aber makellos, und wer sie einmal gesehen hatte, vergaß sie nicht mehr. Mit der Zeit begriff ich, daß Pias Gedanken – wie die Falten ihres Rockes – nach einem festen Muster geordnet waren.

Sie sagte, sie habe schon lange die Absicht gehabt, die Meisterin im Magdalenenkloster zu besuchen, sie könne nicht länger warten. Seien die Stadttore erst geschlossen, werde sie die Briefe der Freundin nicht mehr empfangen. Es ist das erste Mal, daß ich ernsthaft darüber nachdenke, daß sie die Tore schließen könnten.

Kurz vor Mitternacht verläßt Pia das Stift. Durch die Küchentüre tritt sie auf den Hof. Ihre Schritte entfernen sich und verklingen. Nach einer Weile kommen sie zurück. Das Blut schießt mir in den Kopf. Aber sie gehen weiter, und allmählich werden sie leiser. Pia muß noch einmal in die Bibliothek gegangen sein, in ihre fensterlose Stube hinter den Regalen. Ich stelle mir vor, wie sie über den ausgestorbenen Münsterplatz geht. Neben dem Zollhaus steigt sie zum Fluß hinunter und läuft auf dem schmalen Pfad dem

Ufer entlang. Schwarz und glänzend liegt das Wasser neben ihr. Vielleicht brennt Licht in einem der Häuser. Sie wird sich nicht überlegen, was hinter dem geschlossenen Laden vor sich geht. Bei den Mühlen erkennt sie den Umriß des Floßes auf dem Wasser. Im Näherkommen sieht sie die andern im Schatten der Ladung. Sie wird nicht versuchen, ihre Gesichter im Dunkeln auszumachen. In wenigen Stunden trennen ihre Wege sich wieder, und keiner will Zeugen beim Aufbruch in ein anderes Leben. Als sie vollzählig sind, löst der Schiffer die Taue. Lautlos gleiten sie unter dem Mauerbogen aus der Stadt hinaus.

Wochen sind vergangen, seit Pia den Brief geschrieben hat. Sie hat ihn nie erwähnt. Vielleicht ist er der Verwirrung eines Augenblicks entsprungen. Ich habe sie nie nach dem Grund gefragt. Sie hätte nicht verstanden, was ich dafür aufgegeben habe.

ALS ES ZUM ERSTEN MAL SCHNEITE, stand Margareta am Fenster. Der Giebel des Nachbarhauses war verschwunden, kein Laut drang aus den Gassen. Sie erinnerte sich an die verschneiten Buckel in Amamas Garten, die

Hauben auf der Hecke. Am nächsten Tag rann der Schnee in braunen Bächen von den Dächern der Stadt. Unter den Wagenrädern spritzte Matsch hervor. Schon nach wenigen Schritten waren Margaretas Schuhe durchnäßt. Während sie zwischen der Frau Mutter und Susanna im Münster kniete, erstarrten ihre Füße zu eisigen Klumpen. In der folgenden Nacht gefroren die Straßen, und Margareta ging nicht mehr zur Messe.

Wenn der Unterricht beim Gevatter vorüber war, saß sie mit Susanna in der hinteren Stube und nähte. Am ersten Tag hatte die Frau Mutter ihr gezeigt, wie sie die kleinen Blumen in den Teppich sticken mußte, überall dort wo Susanna zwischen den farbigen Vögeln Platz gelassen hatte. Es waren nur ein paar Stiche, die gelben Blütenblätter, der Mittelpunkt aus weißem Garn. Margareta hatte nicht gedacht, daß es so schwierig sein würde, den richtigen Einstich zu finden, und immer wieder verdrehte der Faden sich. Als sie sich in den Finger stach, färbte sich eines der Blütenblätter braun. Die Frau Mutter schnitt die ganze Blume mit einer spitzen Schere auf und zupfte die Fäden heraus. Susanna tat, als merke sie nichts davon. Sie häkelte an einer weißen Borte, die sie an ihrem Hochzeitskleid tragen würde.

An manchen Abenden ließ die Frau Mutter Margareta holen. Bevor sie hinunterging, löste die Magd ihr den Zopf und band ihr das Haar in ein Netz. Manchmal brachte sie Margareta auch ein anderes Kleid mit langen geschlitzten Ärmeln. Schon auf der Treppe waren die Stimmen in der großen Stube zu hören, und wenn die Türe sich öffnete, fiel das Licht auf Margareta. Sie kam sich plump vor in dem vornehmen Kleid, die Zunge klebte an ihrem Gaumen. Stockend beantwortete sie die Fragen der Gäste. Wie blöd ihre Worte klangen. Margareta wußte, sie hätte sich wie Susanna unter dem Blick der Fremden bewegen sollen, mit selbstverständlicher, lächelnder Anmut. Doch es gelang ihr nicht. Wenn sie im Kreis der Gäste stand und die Augen der Frau Mutter auf der Schwester ruhten, war sie ganz sicher, daß ihr etwas fehlte.
Margareta wagte nicht zu fragen, was es war. Sie würden lachen, so wie immer, die Mägde, die Frau Mutter. Nur Susanna lachte nicht: «Komische kleine Grete», sagte sie, und in ihrem Gesicht spiegelte sich das widerwillige, ungläubige Staunen, mit dem man einen Käfer betrachtet, der plötzlich, vor aller Augen, über den Tisch kriecht.

Wenn Margareta später an die Schwester dachte, tauchte jedesmal der Abend der Hochzeit vor ihr auf. Die Räume waren von fiebrigem Glanz erfüllt gewesen. Sie erinnerte sich an die feierlichen Gesichter der Gäste, die sich in den silbernen Platten widerspiegelten, an die Musik, an Susannas perlenbesticktes Kleid. Wie schön Susanna gewesen war mit den kleinen weißen Blumen in ihrem schwarzen, kunstvoll geflochtenen Haar. Margareta hatte nicht gewagt, sie anzusprechen, so fern schien sie ihr, mit diesem reglosen Lächeln auf den Lippen. Und neben ihr saß der kleine, beleibte Mann.
Margareta hatte geglaubt, Susannas Bräutigam müsse jung sein, stattlich, mit funkelnden Augen. Doch er war fast so alt wie der Vater. In dünnen Strähnen hing sein rötliches Haar unter dem goldbestickten Hut hervor, und das Gesicht unter der hohen Stirne hätte wohl etwas Hilfloses gehabt, wäre es nicht in diesem wilden, nach allen Seiten ausschlagenden Bart verschwunden. Wie einen haarigen Schild hielt er ihn vor sich über die Brust, als wolle er damit etwas Lästiges abwehren. Margareta konnte seinen Mund darunter nicht sehen, aber sie war sicher, daß er ihn an diesem Abend kein einzi-

ges Mal zu einem Lächeln verzog. Es war unbegreiflich, daß Susanna mit ihm gehen würde, trotz der goldenen Spangen und Ringe, die er ihr hatte senden lassen, nachdem er endlich mit dem Herrn Vater einig geworden war. Er konnte nicht der Mann sein, auf den sie all die Zeit gewartet hatte. Doch Susanna schien sein schütteres Haar nicht zu bemerken und auch die schrundigen Flecken nicht, die sich unter dem Bart hervor über seine Wangen zogen. Sie lächelte, und während die Gäste sich vor ihrem neuen Stand verbeugten, strahlten ihre braunen Augen. In Susannas abgelegtem Festtagskleid drehte Margareta sich im Kreise der Tänzer, so wie man es ihr beigebracht hatte. Es fiel ihr leichter als sonst, sich unter den Menschen zurechtzufinden, als schiene Susannas Schönheit an diesem Abend auf sie herab und blende die andern. Sie sah sich selbst in dem geschnürten Kleid, das nicht ihr gehörte, und die Freundlichkeit, die man ihr entgegenbrachte, machte sie nicht verlegen. Sie galt nicht ihr, sondern dem Mädchen im blauen Kleid, der kleinen Schwester der schönen Susanna.

Der Wein stieg rot in die Gesichter der Gäste, die einstudierte Würde zerfiel. Immer schwerfälliger bewegten sich die Tänzer und

die, die in Gruppen zusammenstanden, senkten die Stimmen nicht mehr, wenn sie die Höhe der Mitgift besprachen. Das Kinn der Frau Mutter war spitz geworden vor Stolz über die vornehme Verbindung. Der Herr Vater griff nach dem Krug, um den Becher des Schwiegersohnes zu füllen. Unter dem seidenen Stoff des geliehenen Kleides spürte Margareta eine dumpfe Sehnsucht. Für einen Augenblick überschwemmte das Verlangen ihren ganzen Körper, sie stand still, bis es sich wieder zurückzog auf den einen Fleck in der blau geschnürten Brust.
Als Susanna das Fest verließ, strahlten ihre Augen nicht mehr. Das Lächeln hatte sich in roten Streifen in ihre Wangen gegraben. Der Bräutigam hatte sie ums Handgelenk gefaßt, und der rubinbesetzte Goldreif, den er ihr zur Hochzeit gegeben hatte, war über seine Finger gerutscht, wie eine Fessel, die sie aneinanderband. Am Tag zuvor hatte Margareta den Schmuck in Susannas Zimmer betrachtet. Wenn man ihn gegen das Licht hielt, war im Innern der roten Steine das Wappen des Markgrafen zu sehen, als habe eine Zauberhand es dort eingraviert.
Lange bevor die Musik verstummte, wurde Margareta auf ihre Kammer geschickt. Es war Winter, und sie fror in den kalten

Laken. Immer wieder fuhr sie aus Träumen hoch, in denen das Fest seinen Fortgang nahm. Sie tanzte zu einer Melodie ohne Anfang und Ende, und nach jeder Verbeugung hatte ihr Tänzer ein fremdes, neues Gesicht.

BEVOR DIE SONNE AUFGING, zündeten die Stadtknechte die Vorstädte an. Der Rauch überzog den Himmel den ganzen Tag wie ein unzeitiges Morgengrauen. Ich blieb in meiner Kammer. In schwarzen Flocken wirbelte die Asche an meinem Fenster vorbei und senkte sich auf die Hütten und Zelte auf dem Platz. Die Vorstädter zeigten sich nicht. Sie saßen in den Verschlägen, die der Rat sie neben dem Münster aufstellen ließ, und auch die Kinder, die sonst zwischen den Fässern spielen, waren nicht zu sehen.

Als die Vesper vom Münster läutet, gehe ich durch die leeren Flure in die Kirche hinunter. Pia hat gesagt, es mache keinen Unterschied, ob wir in unseren Kammern vor dem Holzkreuz beten oder unten vor dem großen Altar, aber ich glaube, daß die Räume sich verändern, wenn man sie lange nicht betritt. Während ich allein in der dämmrigen Kirche knie, höre ich die Rufe

in den Gassen: Die Tore werden geschlossen. Seit Tagen hat sich die Stadt gefüllt. In den Gärten hinter den Mühlen pferchten sie das Vieh zusammen. Die Schweine der Bäcker wurden aus dem Stadtgraben geholt und in die alte Gerbergrube getrieben. Auf den Hinterhöfen stapelten sie Säcke voll Getreide und Mehl. Es hieß, die Stadt werde ein ganzes Jahr aus ihren Kellern leben können. Wir hatten darauf gewartet, daß sie die Tore schlössen, wie auf einen Zug in einem Brettspiel. Was änderte es schon, ob die Tore offen oder geschlossen waren? Aber als ich jetzt die Rufe höre, trifft es mich doch. Für einen Augenblick scheint mein Herzschlag von den Wänden der Kirche widerzuhallen. Ich trete auf den Hof hinaus. Der Himmel hat sich auf die Giebel der Häuser gesenkt. All das Gerede der letzten Wochen, die Ordnungen und Mandate, die besorgten Gesichter haben mich nicht darauf vorbereitet, daß die Wiesen vor der Stadt nur noch in unsern Gedanken bestehen.
Natürlich erinnere ich mich an das, was Bethe uns von der großen Belagerung berichtet hat. Dreizehn Monate lang hatte der Landgraf auf das Lösegeld gewartet, und während in der Stadt die Kinder vor Hunger schrieen, brieten die Belagerer vor den Mau-

ern die Schweine, die sie im Stadtgraben eingefangen hatten. Ich habe Bethe bewundert, daß sie die Angst und das Elend überstanden hatte, und später habe ich sie auch beneidet. Sie hatte jenes bittere Jahr erlebt, und das, so meinte ich, trennte sie auf alle Zeiten von mir und den anderen, die nachher geboren waren. Ich habe nicht gedacht, daß ich selbst eines Tages hinter geschlossenen Toren sitzen könnte.

Ich betrachte das spitze Maßwerk des Kreuzgangs, die schlanken, gedrehten Säulen, aus denen steinerne Blätter wachsen. Wie anders sieht die Dämmerung dahinter aus, als durch die schweren, niedrigen Bögen vor Katharinas Kapelle. Während der Jahre auf der Lichtung zwischen den Wäldern war die Stadt mir fern gewesen. Wenn ich am Abend im Garten saß, erinnerte ich mich manchmal verwundert der Wehmut, mit der ich sie verlassen hatte. Das Grün des Tales füllte meine Gedanken. Die Stadt war nur noch eines jener kleinen, ummauerten Gevierte aus Zinnen und Dächern, die in der Ebene hinter dem Hügel Golgatha liegen. Aus der Ferne ragen ihre Türme stolz in den gemalten Himmel, und ihre Fahnen flattern im Wind, während die Ungläubigen den Erlöser am Kreuz verhöhnen... Ich hatte gehofft, die Vergangenheit würde mit den Jahren in den beharrlichen Wäldern versinken, und wenn es schon keine Vergebung gäbe, würde ich die Schuld doch ertragen lernen. Wie ein Felsblock auf dem Grund eines Baches verlöre die Erinnerung im Laufe der Zeit ihre Kanten und schrumpfte zu einem glatten Kieselstein. Allein in meiner Kammer würde ich ihn manchmal noch hervornehmen und betrachten, als das, was mich von den andern trennte. Jedesmal würde er ein klein wenig leichter wiegen.

Eines Tages hatten sich Margaretas Augen, ihr Mund nicht mehr zu einem Gesicht zusammenfügen lassen. Dann sah ich auch die Geste nicht mehr, mit der sie den Rock glattstrich, und schließlich schwand selbst das Bild, wie sie, gegen Ende, auf dem Dachstock kauerte. Sie war nur noch ein Schatten, der gewiß eines Tages ganz verschwinden würde.

Erst an dem Abend, an dem sie die Tore schlossen, begriff ich, daß das Leben an den Orten haftet. Siebzehn Jahre habe ich inmitten der Wälder verbracht, aber noch immer kenne ich jeden Winkel des Stifts, jede Mauerritze, und ich habe nicht vergessen, wie es sich anfühlt, wenn man mit den

Fingerspitzen über die Risse des Küchentisches streicht. Ich kenne den Duft der Kerzen, der sich in der Kirche mit dem erkalteten Weihrauch vermischt und den eigenartigen Geruch nach heißem Öl und Koreander, der an Sommertagen im Kreuzgang hängt. Auch an das schleifende Geräusch der Türe, die auf den Dachstock führt, erinnere ich mich. Auf dem Weg in die Stadt sind die Jahre in dem grünen Tal ausgelöscht worden. Ich bin wieder diejenige, die ich früher gewesen bin, von Verzweiflung erfüllt über die Nutzlosigkeit unserer Gebete und Margaretas sinnlosen Tod.

Ich hätte gehen können, an jenem ersten Morgen, an dem das Hämmern auf dem Münsterplatz mich weckte, oder später mit einer der Frauen. Sie boten mir ihre Gastfreundschaft auf den Burgen ihrer Brüder und Schwäger an. Ich hätte in einem ihrer verhängten Wagen die Stadt verlassen können, oder heimlich auf einem Floß in der Nacht. Dann wäre ich vor anderen Altären gekniet, hätte in anderen Gärten gesessen, und vielleicht wäre es mir noch einmal gelungen, die Vergangenheit abzuschütteln. Für ein paar Wochen, ein paar Jahre hätte ich mich in Sicherheit gewiegt, bis ein anderer Brief, ein Satz oder die Bilder eines Traumes mich wieder in die Mauern des Stifts zurückbrachten... Die Erinnerung an Margaretas Tod sitzt wie eine Krankheit in meinen Knochen. Wohin ich gehe, ich trage sie mit mir, und wer weiß, was von mir bliebe, wenn sie die Schuld von mir nähmen.

NACH SUSANNAS HOCHZEIT veränderte sich das Haus. Dinge verschwanden: die silbernen Platten, der Teppich mit dem Brunnen voll badender Leute; die Truhen, in denen das gute Leinen aufbewahrt wurde, waren mit einem Mal leer. Auch Menschen verschwanden: Mägde, Gesellen, der Schreiber und Gevatter Columban.

Jeden Morgen hatte der Gevatter Susanna und sie unterrichtet, in der kleinen Stube neben der Kanzlei. Margareta saß gerne bei ihm, trotz des scharfen Geruchs, der seiner Kutte entströmte. Susanna hatte sich bei der Frau Mutter darüber beklagt und behauptet, der Gevatter müsse wohl zur Buße einen faulenden Fisch in der Tasche tragen. Die Frau Mutter verbot ihr das Wort, dabei zuckte es in ihrem Gesicht, als unterdrücke sich ein Lachen. Am nächsten Tag betrachtete Mar-

gareta den alten Mann genauer, seinen geschorenen Kopf, die Nase, die sein Gesicht wie eine Geschwulst entstellte. Natürlich ekelte sie sich vor dem Tropfen, der an kalten Tagen an seiner Nasenspitze hing, vor den braunen Flecken auf seinen Händen. Aber sie hätte ihn schlafen lassen, wenn der Kopf ihm in der Wärme der Stube auf die Brust sank. Der Gevatter lehrte sie schreiben und lesen und das Gelesene zu verstehen, in leisen Worten, als scheue er sich, zu ihnen zu sprechen. Er sah sie nicht an dabei. Susanna sagte, das gehöre sich so, er sei von niederem Stand und häßlich. Aber Margareta glaubte nicht, daß er darum flüsterte. Er lauschte auf etwas, eine Stimme vielleicht, die sie nicht hörten. Manchmal huschte ein Leuchten über sein Gesicht, und er verstummte mitten im Satz. Nur zögernd begann er dann wieder zu reden, als fürchte er, das Gehörte im Lärm seiner Worte zu vergessen. Er wurde schweigsamer mit der Zeit, ließ sie lesen, und mitunter hörte er auch ihre Fragen nicht mehr. Vielleicht wurde die Stimme lauter.
Wenige Tage, nachdem Susanna gegangen war, sagte die Frau Mutter, der Gevatter komme nicht wieder. Er sei zu alt, er könne sie nichts mehr lehren.

Die Stube neben der Kanzlei wurde mit Kisten aus dem verkauften Lagerhaus gefüllt. Später hörte Margareta, der Gevatter sei gestorben. Erst auf dem Dachstock erinnerte sie sich wieder an ihn und an sein Lauschen. Es mußte eine göttliche Stimme gewesen sein, die ihn in die Stille führte. Sie betete, der Herr möge auch ihr die Ohren öffnen.

Nach der Hochzeit kamen nur noch selten Gäste ins Haus. Die große Stube war leer, wenn Margareta am Abend in die Küche hinunterging. Der Winter war vorüber. Im Licht des Frühlings sahen die Menschen anders aus. Zum ersten Mal waren die Stimmen der Mägde zu hören, ihr Geschrei in der Küche. Die Frau Mutter ließ sie gewähren. Auch sie hatte sich verändert. Die goldenen Ringe an ihren Fingern waren verschwunden, sie trug das Haar wie die Mägde unter einer weißen Haube versteckt, und ihre Augen waren dunkel, als sei sie böse.
Margareta hörte auf, an dem Teppich zu sticken. Die Frau Mutter kam nicht mehr, um ihre Arbeit zu prüfen, und eine Weile saß sie müßig in ihrer Stube. Die Langeweile trieb sie hinaus. Sie wanderte durch das Haus, öffnete Türen. Die Kammern dahinter waren leer, auch die Treppen und Flure

hatten nichts mehr zu verbergen. In der Küche stellte die Köchin einen Becher Milch vor sie hin, und Margareta saß auf der Bank hinter dem Tisch, so wie früher bei Amama. Die Mägde beachteten sie kaum. Als Margareta eines Tages bat, sie auf den Markt begleiten zu dürfen, willigten sie achselzuckend ein. Zum ersten Mal verließ Margareta das Haus ohne Wissen der Mutter. Anstatt durch die Gassen zum Münster zu gehen, folgte sie den Mägden durch Gärten und Hinterhöfe. Schon von weitem hörte sie die Rufe. Der Markt war voller Menschen. Eng aneinander gedrängt schoben sich Männer und Frauen an den Ständen vorbei. Margareta scheute sich einen Moment, in das Treiben hineinzugehen. Während die Mägde Eier, Zwiebeln, Kraut und Bohnen kauften, stand sie mit heißem Kopf daneben. Wie laut die Leute waren, wie nahe sie ihr kamen. Sie roch den Schweiß unter ihren Hemden. Die Wangen der Mägde glänzten. Ihre Augen schweiften nach allen Seiten. Auch Unbekannten sahen sie ins Gesicht. Als der Bäcker ihnen die Brotlaibe reichte, lachten sie, als hätte er etwas Unanständiges gesagt. Vor einem Hoftor saß ein alter Mann mit einer Maus in der Hand.

Auf dem Rückweg gingen sie ein Stück weit

dem Fluß entlang. Ein kühler Wind wehte vom Wasser her. Unter ihrem Rock fühlte Margareta einen Druck auf der Haut, als hätte sie im Gedränge der Menschen eine Hand berührt. Sie sah ihren Schatten auf der Wasseroberfläche hinter den Mägden gehen.
Zu Hause wusch sie am Brunnentrog die Hände, die Arme und das Gesicht, während die Mägde in der Küche schwatzten. Sie nahm sich vor, noch am selben Abend der Frau Mutter zu sagen, wo sie gewesen war. Sie legte sich die Sätze zurecht. Doch als sie ihr bei Tisch gegenübersaß, brachte sie kein Wort heraus. In der Nacht träumte Margareta, der alte Mann mit der Maus komme auf sie zu. Er grinste, und sie sah die faulen Zähne in seinem Mund.
Am nächsten Tag ging sie wieder mit auf den Markt, und auch an den Tagen darauf. Wenn sie erschöpft und schmutzig nach Hause kam, dachte sie jedesmal, heute würde sie es der Frau Mutter sagen. Aber die Zeit verging, und es wurde schwieriger. Sie hatte sich schon zu weit vom Erlaubten entfernt, um noch auf Vergebung hoffen zu können. Erst später begriff Margareta, daß die Frau Mutter von ihren Ausflügen gewußt haben mußte.

ES IST STILL IN DER STADT. Ein süßlicher Geruch liegt in der Luft – von den verkohlten Vorstädten vielleicht oder den Schweinen in der Gerbergrube. Vor vielen Fenstern bleiben auch untertags die Läden geschlossen. Erst wenn es dunkel ist, zünde ich das Feuer in der Küche an, und manchmal esse ich die Grütze auch kalt. Der Wein wärmt meine Glieder, dann ist die Nacht ruhig.

Wenn ich das Stift verlasse, lege ich Bethes alten Mantel an. Ich gehe durch die kleine Pforte in der Friedhofsmauer. Es ist nicht nötig, daß mich jemand sieht. Ein schmaler Pfad führt durchs Gestrüpp zum Waschhaus am Fluß, und von dort gehe ich die Stufen zum Fischmarkt hinauf. Die Buden der Händler sind vernagelt. Auch die Münze ist dunkel und öd, als stünde sie seit Jahren still. Möwen sitzen auf dem Landesteg. Wir haben uns rasch daran gewöhnt, daß wir gefangen sind. Als ich vor ein paar Tagen am Steintor vorbeikam, habe ich noch gestutzt über die Holzwand, die mir die Sicht durch

den Bogen versperrte, heute habe ich sie kaum noch bemerkt. Auch die Metzger, die dort die Mauer bewachen, haben das Tor offenbar vergessen. Sie haben ihre Vorräte davor aufgetürmt, als würde es nicht mehr geöffnet. In kleinen Gruppen stehen sie beisammen, auf ihre Spieße gestützt, und sie wissen, daß die Menschen sie betrachten. Der Bürgermeister hat gesagt, in ihren Händen ruhe das Los der Stadt. Zum ersten Mal tragen sie ihre Harnische nicht zum Spaß, und sie sehen aus, als seien sie für diese Tracht geschaffen. Auch die Bollwerke und Türme, die in den letzten Jahren aus den Mauern gewuchert sind, erscheinen nun unentbehrlich. Die Stadt muß lange auf diesen Angriff gewartet haben.
Ich hätte den jungen Hanneman nicht erkannt, unter seinem eisernen Hut, wäre er nicht auf mich zugekommen. Er sieht noch schmaler aus als vor siebzehn Jahren. Damals brachte er zu Ostern und den anderen Festen die geschlachteten Lämmer ins Stift, und ich habe mich oft gefragt, warum sein Vater ihn ausgewählt hat, das Handwerk zu übernehmen. Seine Brüder hätten so viel besser in die Zunft der Metzger gepaßt. Ich erschrecke, daß er mich unter der Kapuze von Bethes Mantel erkennt, aber vielleicht

spricht er gar nicht zu mir, sondern zu denen, die neben mir stehen. Er redet mit gedehnter Stimme, Sätze, die ich andere schon habe sagen hören: «Wie Donner und Blitz werden wir den Feind vernichten.» Sein Kopf sitzt unbeweglich auf dem eisernen Kragen, und die Schulterplatten ragen ihm über die Achseln hinaus. «Wir werden sie das Fürchten lehren.» Unvermittelt wendet er sich ab.

Ich gehe durch die Spiegelgasse in die Stadt zurück. Die roten Flecken auf den Wangen des jungen Hanneman – in allen Gesichtern erinnern sie mich an das Gesicht, dem ich als Kind begegnet bin.

Auf breiten Flößen seien sie den Fluß hinuntergetrieben, hatte der Junge berichtet. Tagelang sei nichts als Ried zu sehen gewesen, in der Ferne grüne Hügel. Eines Morgens habe er die Lanzenspitze im blauen Dunst entdeckt. Der Turm des Münsters, habe der Schiffer gesagt. Hinter dem Schilf Weiden und Felder. Einem Gebirge gleich sei die Mauer über den Halmen aufgetaucht und habe den ganzen Himmel ausgefüllt.

Wir saßen in dem alten Stall hinter der Küche. Auf der Oberlippe des Jungen wuchs heller Flaum. Er sagte, die Stadt sei von

einem großen Garten umgeben, Bäumen und Sträuchern in Reihen, Beeten voll Gemüse und Kraut. Die Gärtnersfrauen hätten ihnen zugewinkt, und auf der Straße am Ufer hätten mit Körben beladene Wagen gewartet. Dann – im letzten Sonnenlicht – habe er die glänzenden Dächer der Stadt gesehen.
Der Onkel hatte mich vor der Ankunft des Markgrafen aus dem Stift geholt. Ich war bei den Frauen, um schreiben und lesen zu lernen, noch band mich kein Gelübde an sie. Ich fand das Haus verändert. Fremde Mägde schrubbten die Böden, und in der Speisekammer hingen Vögel mit schillerndem Gefieder. Der Onkel trug einen neuen Rock. Er schien mir kleiner als früher, und sein Kopf war kahl. Zum ersten Mal sah er mich an. Am Morgen der Ankunft des Markgrafen stand er bei den Zunftmeistern auf der Straße, als sei er befreundet mit ihnen.
Mir war der Junge an der Seite des Markgrafen gleich am ersten Tag aufgefallen. Er war nicht viel älter als ich. Sein Gesicht war schmal, die Wangen vor Verlegenheit gefleckt. Sein rötliches Haar war schütter. Er sah ganz anders aus als die Burschen des Onkels. Wenn er meinen Blick gewahrte, wandte er den Kopf. Ich dachte, er würde

umkehren, als er den Stall betrat und mich bemerkte. Es war ein trüber Nachmittag, und zwischen den Mauern war es feucht und dunkel. Er hielt einen Zweig in der Hand. Während er redete, zupfte er an den Blättern.

An einem der Nachmittage zog er ein Stück Papier aus der Tasche und zeichnete die Umrisse der Stadt darauf. Wie eine Blume sah sie aus, das Münster in der Mitte auf einer Insel im Fluß, die Kirchspiele wie Blütenblätter ringsum, eins dem andern ähnlich und doch verschieden. Er kannte die Namen der Straßen, der Kirchen, und er wußte, welche Zunft die Wachen an den Toren stellte. Er sagte, wenn der Markgraf ihn gehen ließe, würde er in die Stadt zurückkehren. Ich stellte ihn mir auf dem großen Platz vor dem Münster vor, in einen samtenen Mantel gehüllt, die feinen Hände über der Mantelspange gekreuzt.

EINES MORGENS HATTE MARGARETA ein offenes Tor entdeckt. Dahinter lag ein Durchgang. Lichter spielten in dem Gewölbe, bunte Flecken, als spiegle sich die Sonne in etwas Farbigem auf der anderen Seite. Die Mägde

mußten an einem der Stände zurückgeblieben sein. Zögernd hatte Margareta den Durchgang betreten. Die Kälte der Mauern drang sofort in ihre Kleider, es roch nach Ratten. Mit jedem Schritt wurde das Licht vor ihr heller. Es führte sie in einen kleinen Hof. Moos wuchs zwischen den Pflastersteinen. Rebenblätter bedeckten die Wände, die Simse, rankten sich über Balken und Streben zum Dach empor. Die Sonne schimmerte grün in dem wuchernden Geflecht.
«Oh edelste Grüne, du wurzelst im Sonnenlicht und leuchtest in himmlischer Klarheit...» Sie hatte das Gedicht, das der Gevatter ihr zum Abschreiben gegeben hatte, nicht verstanden und es wie eine Melodie auswendig gelernt. «...in himmlischer Klarheit, im kreisenden Rad, das irdische Größe nimmer begreift...» Margareta war noch nie an diesem Ort gewesen, und doch war er ihr vertraut, als hätte sie schon lange nach ihm gesucht. Ein Luftzug strich über die Blätter. Die Schatten bewegten sich. Irgendwo sang eine helle Männerstimme. Margareta blickte sich um, aber sie sah ihn nicht. Benommen eilte sie durch den gewölbten Gang auf die Gasse zurück.
Am nächsten Morgen ging Margareta den Mägden voraus. Sie war nicht mehr sicher,

wo das Tor gewesen war. Mit klopfendem Herzen schaute sie in die Durchgänge. Sie suchte die Häuser nach einem Zeichen ab, das sie erinnern würde. War es vor oder nach der Gärtnerstube gewesen? Als die Mägde sie zur Heimkehr mahnten, war ihre Kehle zugeschnürt.
Margareta vergaß das grüne Leuchten nicht. Sie suchte auf all ihren Wegen danach. Immer wieder glaubte sie von weitem den scharfen Geruch des Durchgangs zu riechen, aber wenn sie ihm folgte, endete er in schmutzigen Winkeln. Manchmal verlor sie die Mägde aus den Augen und kehrte allein ins Haus der Eltern zurück.

Eines Morgens rief die Frau Mutter sie in aller Frühe zu sich. Margareta erschrak. Sie war seit Susannas Hochzeit nicht mehr im Zimmer der Mutter gewesen. Reglos war sie damals zwischen den Spiegeln, den Vasen, den Kissen gesessen, während die Frau Mutter mit Susanna sprach. Im ersten Moment meinte Margareta, sie habe sich in der Türe geirrt. Da standen ein Bett und ein Stuhl. Auf einer Truhe neben dem Bett lag ein Bündel Briefe. Der oberste war auseinandergefaltet. Es war Susannas Schrift. Eine der Mägde hatte gesagt, Susannas Heirat habe auch Margaretas Mitgift gekostet. Die Frau Mutter kniete auf dem Boden vor einem kleinen Bild. Margareta kannte es. Es zeigte Maria Magdalena, umgeben von einer Engelschar. In der einen Hand hielt die Heilige das Buch Johannes und in der anderen einen Salbentopf. Früher, als das Bild im Gang neben der Küche gehangen war, hatte Margareta es oft betrachtet. Am unteren Rand, halb von den Mänteln der Engel verdeckt, lag ein kleiner Schädel. Der Gevatter hatte ihr nicht sagen wollen, was er bedeute.

Nach einer Weile erhob sich die Frau Mutter. Sie mußte sich auf die Stuhllehne stützen. Die Knochen traten spitz aus ihrem Handrücken hervor. Sie war nicht zornig, wie Margareta erwartet hatte; während sie sprach, glitten ihre Blicke über die leeren Wände der Kammer: Margareta würde ins Stift hinterm Münster eintreten, sobald man sich mit der Priorin einig geworden war. Ihre Stimme klang flach, als rede die Mutter mit sich selber. Erst am Abend im Bett fiel Margareta ein, daß damit auch die Suche nach dem Hof zu Ende war. Sie würde das Stift nicht so ungehindert verlassen können wie das Haus der Eltern.

Es dauerte lange, bis die Frau Mutter sie wieder zu sich rief. Den ganzen Herbst wartete Margareta darauf, und als der Winter kam, hoffte sie heimlich, die Mutter habe ihr Vorhaben aufgegeben. Margareta begann, an dem Teppich weiterzusticken. Die Mägde nahmen sie nicht mehr mit auf den Markt, seit sie wußten, daß sie ins Stift gehen würde. Während sie die Lücken zwischen den gelben Blumen mit grünen Stichen füllte, versuchte sich Margareta ihr künftiges Leben vorzustellen. Sie hatte die Frauen an der Schintbrücke gesehen. Zu zweit und dritt kamen sie in grauen Kutten, um den Angeketteten Wasser und Brot zu bringen. Sie wuschen ihre verdreckten Köpfe, und es kümmerte sie nicht, wenn die Leute auch sie mit Unrat bewarfen. Am jüngsten Tag, hatte der Gevatter gesagt, würden sie mit brennenden Lampen dem himmlischen Bräutigam entgegengehen.

Nachts träumte Margareta von dem grünen Licht. Aus dem Schatten der Reben trat eine Gestalt neben sie.

Dann ließ die Frau Mutter sie holen. Vor dem Fenster ihrer Kammer fiel Schnee. Am nächsten Sonntag würde Margareta ins Stift eintreten.

Ich bin beim Provinzial gewesen. Jedesmal wenn ich in den letzten Tagen durch die Stadt gegangen war, hatte ich an ihn gedacht, als verbänden uns die geschlossenen Tore auf geheime Weise. Eine Frau öffnet mir die Türe, als habe sie mich erwartet. Der Geruch von Gesottenem schlägt mir entgegen. Diesmal steige ich allein die Treppe hinauf.

Der Provinzial saß in seiner Stube vor einer Platte mit gekochtem Fleisch. Er war nicht erstaunt, mich zu sehen. Während er sprach, schnitt er mit einem kurzen Messer Fleischstücke ab und steckte sie sich in den Mund.

Er hatte das Haus seit Tagen nicht mehr verlassen. Dennoch wußte er alles, was in der Stadt geschah, auch daß die Plünderer nur noch einen Tagesmarsch von uns entfernt waren. Eine zügellose Bande, sagte er, unbezwingbar, manche unter ihnen mehr Tier als Mensch. Wo sie ihr Lager aufschlagen, heulen nachts die Wölfe zum Mond. Die fettigen Finger des Provinzials zitterten, wenn er die Fleischbrocken zum Munde führte. Mit List sei ihnen nicht beizukommen, denn so wild und roh die Männer auch seien, so klug und verschlagen sei ihr Hauptmann. Der Provinzial kaute hastig, mit bebenden Backen, er schluckte, und es schien ihn zu würgen.

Auch ich hatte von dem Hauptmann gehört. Er habe ein Muttermal auf der Stirn, hatten die Frauen im Stift erzählt, einen fünfzackigen Stern, und unter dem Hemd sei sein Körper ganz mit Haaren bedeckt.
Die Stube des Provinzials hat sich in den siebzehn Jahren nicht verändert. Damals hatte die Sonne auf den Ofen in der Ecke geschienen. Der Provinzial hatte davor gestanden, als betrachte er die Bilder auf den grünen Kacheln, und ich hatte mich vor ihm gefürchtet. Gewiß hing auch der Teppich noch in der Kammer nebenan.
Ein Schauer durchlief den Provinzial, mit einem Stöhnen stieß es ihm auf. Ihren Feinden zerschnitten sie bei lebendigem Leib die Hoden und dann die Gesichter, sagte er, so daß sie nur noch an den Hemden zu erkennen seien, und als vor ein paar Jahren in seinem Lager die Pest ausgebrochen sei, habe der Hauptmann die beulenübersäten Leichen seiner Leute über die Mauern in die belagerte Stadt geworfen. Im selben Monat noch wurde das Lösegeld gezahlt. Auch im Rat würden sie lernen, daß Geld die einzige Waffe sei. Stehe der Feind erst vor den Toren und das Gemetzel beginne, werde keiner mehr von Recht und Ehre reden. Mit einem bedauernden Blick schob der Provin-

zial die Platte beiseite und wischte sich über den Mund. Die Unsumme, die er allein für die Bewachung des leeren Stifts habe zahlen müssen, klagte er, und wenn es dann soweit sei, würden sie nochmals kommen. Wir würden die Stadt schließlich freikaufen müssen, genau wie vor fünfzig Jahren.
Bethe hatte erzählt, wie sie damals mit dem Provinzial über den Beitrag des Stiftes gestritten hatte. Der Landgraf würde nicht wagen, das Stift zu plündern, in dem die Schwestern und Schwägerinnen seiner adligen Gönner wohnten. Wenn er die Stadt zum Schluß verschonte, sei es dank ihrer Frauen und nicht wegen der bewaffneten Schuhmacher auf der Mauer. Der Provinzial hatte hinter Bethes Rücken die Felder am Weissenstein verpfändet. Er war erst ein halbes Jahr im Amt, und er hatte nicht gewagt, dem Rat zu widersprechen. Bethe hatte zwei goldene Kelche und die Kassette mit dem Finger des heiligen Trudpert verkaufen müssen, um das Land wieder auszulösen. Der Zins für das eine Jahr sei höher gewesen als die Hälfte des Grundwerts.
Die Augen des Provinzials glitten an mir herab. Erinnerte er sich an jenen sonnigen Morgen vor siebzehn Jahren? Ich hatte damals gedacht, er könnte Margareta retten, er

kennte Wege, hätte Vertraute, ich weiß nicht, was ich von ihm erwartet hatte. Aber ich hätte alles getan, um ihn für Margareta zu gewinnen.
Grinsend lehnt er sich in seinem Sessel zurück, die fettigen Finger über dem Bauch gefaltet. Seine Haut ist noch immer fleischig und glatt wie vor siebzehn Jahren. Ich kann nicht mit ihm reden.
Unten an der Treppe steht die Frau. Ihr Gesicht ist gerötet, als sei sie die Wärme des Hauses nicht gewöhnt. Unter der fleckigen Schürze trägt sie ein blaues, samtenes Kleid, aus dem das Brusttuch mit groben Schnitten herausgetrennt ist. Sie mustert mich, und ohne ein Wort zu sagen, öffnet sie mir die Tür.
Auf dem Heimweg durch die leeren Gassen denke ich an den jungen Hanneman, der am Steintor Wache steht. Ob sie auch ihn zum Schluß nur an seinem Hemd erkennen werden?

AUF DEN DÄCHERN GLITZERTE GEFRORENER SCHNEE. Der Atem stach Margareta in der Kehle, als sie neben der Frau Mutter über den Münsterplatz ging. Eiszapfen hingen an den Mäulern der Wasserspeier. Der Platz war leer. Zwischen den kahlen Ästen der Bäume konnte sie die Stiftskirche sehen, den kleinen schmucklosen Glockenturm, der wie ein Vogel auf dem Dachfirst kauerte. Der Mantel der Frau Mutter streifte ihre Hand. Margareta wünschte sich in ihre Kammer zurück. An der Pforte des Stifts mußten sie warten. Die Frau Mutter blickte sich um, als fürchtete sie sich, gesehen zu werden. In der Pförtnerstube malte sie Margareta mit dem Daumen ein Kreuz auf die Stirne, wie der Beichtvater es getan hatte, der früher zu ihnen ins Haus gekommen war. Dann nahm die Schaffnerin Margareta bei der Hand und führte sie hinaus.

Die Räume des Stifts waren wie von Dunst erfüllt. Margareta konnte die Frauen in den Kutten nicht unterscheiden, und manchmal war es ihr, als stehe nicht sie zwischen den Unbekannten, sondern eine andere. Jede Bewegung folgte hier einer Regel. Margareta war auf der Hut. Als sie am Abend zwischen den Mädchen in der Kirche kniete, schien der Morgen, an dem sie mit der Frau Mutter über den Münsterplatz gegangen war, unendlich fern. «Sursum corda» – erhebet die Herzen, sagte die Vorbeterin. Margareta spürte den rauhen Stoff des neuen Kleides auf ihrer Haut. Eine plötzliche Freude kam über sie. «Habemus ad Dominum.»

Das Stift war anders, als Margareta es sich vorgestellt hatte. Überall saßen Frauen. Manchmal stritten sie sich, leiser als die Mägde in der Küche, aber unerbittlich. Wenn die Priorin sie überraschte, mußten sie einander um Vergebung bitten. Keine von ihnen hatte ein gütiges Gesicht.

Margareta versuchte, wie die andern Mädchen zu sein. Sie beobachtete sie, die Zeichen, die sie sich hinter dem Rücken der Frauen gaben, die Zettel, die sie einander in die Gebetsbücher steckten. In der Kirche knieten sie dicht beieinander, die Köpfe über die gefalteten Hände gesenkt, damit niemand ihr Lachen bemerkte. Sie lebten schon lange im Stift, und sie sprachen von «draußen», als harre etwas Wunderbares dort. Margareta hätte ihnen gerne das Haus der Eltern beschrieben, die Kirchgänge, den Teppich, an dem sie stickte. Von Susannas Hochzeit hätte sie berichten können, von der Tafel, den prächtigen Kleidern der Gäste. Sie hätte den Mädchen auch von den Ausflügen auf den Markt erzählt, und vielleicht sogar von dem rebenbewachsenen Hof. Aber die Mädchen sprachen Margareta

nur selten an, und wenn sie antwortete, warfen sie einander Blicke zu.
Die Nächte waren am schlimmsten. Untertags wachte stets eine der Frauen über sie, und es war verboten, miteinander zu reden, sofern die Arbeit es nicht verlangte. Nachts aber war Margareta mit den Mädchen allein. Sobald die Wächterin gegangen war, begannen sie zu schwatzen. Margareta hörte schweigend zu. Sie verstand nicht alles, was die Mädchen sagten. Ihre Reden waren voll heimlicher Fallen. Ein falsches Wort, eine falsche Geste konnten sie dem Gespött preisgeben. Manchmal glaubte Margareta, die Mädchen stellten sie auf die Probe. Mitten im Satz brachen sie in Gelächter aus, wie wenn sie es vereinbart hätten. Aber Margareta tat, als habe sie den Spaß verstanden. Sie lachte, wenn die andern lachten.
Agnes redete am meisten. Die Mädchen bewunderten sie. Jedes Jahr zu Pfingsten kam ein Vetter zu Besuch, und Agnes zeigte ihren Vertrauten die Briefe, die er ihr heimlich schrieb. Am liebsten zog Agnes über die Frauen her, über die Kellermeisterin mit den zitternden Händen, die taube Pförtnerin und über die Priorin. Die Mädchen mochten die Priorin nicht. Wenn Agnes sie nachahmte, lachten sie in ihre Kissen.

Gewiß, die Priorin war häßlich, das breite Gesicht, die fleischige Nase, und sie hatte Schatten unter den Augen. Lasterringe, sagte Agnes, und einige kicherten. Aber es war keine beständige Häßlichkeit, dachte Margareta, sobald einem das Gesicht vertraut war, verschwand sie. Die Frauen nannten die Priorin Anna. Margareta war sicher, daß sie keine Laster hatte, aber sie wagte nicht, Agnes zu widersprechen. Wenn die gestohlenen Kerzen niedergebrannt waren und die Mädchen in ihren Betten schliefen, schämte sie sich dafür.

Margareta war das Blut in die Wangen gestiegen, als sie zum ersten Mal vor Anna stand. Sie war die Frau, die zuvor in die Kleiderkammer gekommen war. Überrascht hatte sie Margareta angesehen, als kennten sie sich. Margareta senkte die Augen. Die Unbekannte mußte enttäuscht sein, daß sie nicht die Richtige war. Margareta hatte gedacht, eine Priorin sei alt und streng. Anna war jung, kaum älter als Susanna, und der Ernst, mit der sie Margaretas Verbeugung entgegennahm, schien Teil eines Spieles zu sein. Aber vielleicht war es nur eine Täuschung.

Margareta lebte von Stunde zu Stunde. Am Morgen, wenn die Glocke sie weckte, lag der Tag wie ein steiler Pfad vor ihr. Sie dachte an die nächste Andacht, während der sie im Schutz der Gebete ausruhen konnte. Die Wochen vergingen. Als Margareta den Schnee auf dem Kirchendach sah, konnte sie kaum glauben, daß sie schon ein Jahr bei den Frauen war.

JEDESMAL WENN ICH AUS DER STADT ZURÜCKKOMME, schlägt mir dumpfe Luft entgegen, als stehe das Stift seit Jahren schon leer. Ich gehe durch die verlassenen Räume und versuche mir vorzustellen, wie die Frauen im Speisesaal sitzen, durch die Flure gehen und vor den Türen ihrer Kammern stehen. Ich sehe sie mit jungen Gesichtern, flinken Gesten, und manchmal denke ich, ich müsse Margareta unter ihnen erkennen.
Als ich Margareta zum ersten Mal sah, stand sie im Unterhemd in der Kleiderkammer. Das Haar fiel ihr auf die Schultern. Sie blickte mir ohne Furcht ins Gesicht. Dann – als entsinne sie sich einer Mahnung – senkte sie, mit einer leichten Wendung des Kopfes, die Augen. Ich wußte sofort, daß ich schon einmal vor ihr gestanden war. Schon einmal hatte ich diese nachlässige Demut gesehen. Da war nichts von der ge-

heuchelten Keuschheit der anderen Mädchen, von der Angst, sich vom eigenen Leib verführen zu lassen. Einen Augenblick lang dachte ich: sie untersteht den Geboten nicht...

Mit unerklärlicher Dringlichkeit forschte ich nach dem Gesicht, das ich in Margareta wiedersah. Gewiß, da war, wie die Variation einer Melodie, die Ähnlichkeit mit der Mutter, mit der ich in den Monaten zuvor Margaretas Eintritt besprochen hatte. Doch war sie nur oberflächlich. Das echte Vorbild war nicht wirklich lebendig gewesen, ein Sinnbild eher, mit dem sich etwas Gefährliches verband. Bloß ein Schleier trennte mich von der Erkenntnis, aber es gelang mir nicht, ihn zu durchdringen. Während ich in den kalten Morgen hinaustrat, war mir, als hätte ich ein Zeichen nicht begriffen.

Ich glaube, ich kniete in der Kirche, als es mir einfiel. Meine Augen folgten den Falten des Mantels der heiligen Jungfrau, von dem die blaue Farbe abblätterte. Mit einem Mal wußte ich es: Sie stand in einer Nische an der Seite des Münsters, schlank und anmutig in dem dünnen Gewand, das der Steinmetz ihr liebevoll über die Schultern und um die Hüften gefaltet hatte. In der linken Hand hielt sie eine Tafel und in der rechten einen zerbrochenen Speer.

Es war im Sommer des großen Fiebers gewesen. Bethe hatte mich jeden Morgen zum Portal des Münsters geschickt, um auf der Liste der Toten nach Angehörigen des Stifts zu suchen. Wenn das Gut der Verstorbenen nicht innerhalb von drei Tagen eingefordert wurde, verfiel es der Stadt, so hatte es der Rat beschlossen. Ich muß damals zwölf oder dreizehn gewesen sein; zwischen Kindheit und Jugend, der ersten Gewißheit beraubt, wünschte ich mir, über Nacht erwachsen zu sein, ohne die Lächerlichkeit des Wachsens ertragen zu müssen. Jeden Morgen war ich an der Statue vorbeigegangen. Irgendwann war sie mir aufgefallen. So unbefangen stand sie da. Ich war zu ihr zurückgekehrt, immer wieder, und mit der Zeit begleitete mich ihr steinernes Antlitz auf meinem Weg durch die fiebernde Stadt.

Später, als sie Pia und mir die Führung des Stifts schon übertragen hatte, war Bethe eines Abends plötzlich auf die Statue zu sprechen gekommen. Ein Steinmetz, hatte sie gesagt, der in ihrer Jugend für kurze Zeit der Bauhütte vorstand, habe sie geschaffen. Er sei ein Fahrender gewesen, doch den hie-

sigen Steinhauern an Können so weit überlegen, daß man ihn dennoch gebeten habe, den Fortgang des Münsterbaues zu leiten. Zögernd habe er sich niedergelassen, unter der Bedingung, eine Figur nach seinem Gutdünken gestalten zu dürfen. In allen Steinbrüchen der Gegend habe er nach dem Stein gesucht. Dann sei er Tage und Nächte vor dem Block gestanden, bis er endlich zum Meissel gegriffen habe. Von da an klang das Hämmern unablässig aus seiner Werkstatt. Mit Drohungen in unverständlichen Sprachen scheuchte er die Werkleute zur Türe hinaus, und bald wagte keiner mehr, ihn nach seinen Weisungen zu fragen. Die Arbeit am Münster kam zum Erliegen.
Als die Unzufriedenen im Kapitel schon seine Entlassung verlangten, und manche meinten, die Anstrengung habe ihm den Verstand geraubt, sei eines Nachts das Hämmern verstummt. Am nächsten Morgen habe er die Arbeiter zusammengerufen, und gemeinsam hätten sie die Figur am südlichen Eingang des Münsters aufgestellt. Da stand sie, in einem einfachen, schmucklosen Kleid, mit abgewandtem Gesicht. Ihre Schönheit ließ die prunkvolle Gestalt auf der anderen Seite des Portals steif und leblos erscheinen. Die Leute versammelten sich vor

ihr, auch die Ratsherren und die Geistlichen. Sie glaubten, ein feines Lächeln auf ihrem Gesicht zu erkennen, das der frommen, gen Himmel gerichteten Miene der Statue ihr gegenüber zu spotten schien. Sie wunderten sich, bis einer den fremden Meister fragte, warum sie den Kopf denn senke, warum sie nicht wie das gekrönte Bild der heiligen katholischen Kirche ihr gegenüber zum Thron des Erlösers aufblicke, um Gnade zu finden? Da habe der Steinmetz gelächelt und gesagt: «Sie braucht seine Gnade nicht. Sie ist älter als seine Erlösung, sie ist der Ursprung, das alte Gesetz.» Und während er in seine Hütte zurückgegangen sei, habe einer in der Menge geflüstert: «Die Synagoge».

«Gotteslästerung», «Ketzerei» hätte es im Kapitel geheißen, man solle sie von ihrem Sockel stürzen und dem Fremden das Stadttor weisen. Andere aber meinten, es sei nur ein behauener Stein, grad so wie die Ungeheuer, die das Regenwasser von den Dächern des Münsters spien. Zum Schluß habe man die Sache vor den Bischof gebracht. Der fand keinen Grund, die Figur zu entfernen. Ihre Anmut allein war keine Lästerung, und niemand konnte behaupten, sie ziehe die Blicke auf sich. Aus Frömmig-

keit, oder vielleicht aus Vorsicht, hatte der Steinmetz ihr die Augen mit einem feinen, steinernen Tuch verbunden.
So blieb sie stehen. Um den Vorwürfen der Eiferer zu entgehen, entschied der Bischof, das Südportal des Münsters sei von nun an geschlossen zu halten, damit kein Kirchgänger sich am Anblick der Jüdin stoßen müsse. Der fremde Steinmetz aber sei kurze Zeit später am hellichten Tag vom Gerüst zu Tode gestürzt.
Bethe hatte gesagt, er wäre nicht aus eigener Schuld am Boden zerschellt, und einer der Gehilfen hätte wenige Tage danach die Stadt auf einem prächtigen Pferd verlassen. Aber Bethe hatte viel erzählt in den letzten Jahren ihres Lebens, und nicht alles war wahr. Ich hatte die Geschichte vergessen, bis Margareta kam.

MARGARETA ERINNERTE SICH AN DAS ERWACHEN. Sie lag auf ihrer Pritsche im Schlafsaal, und die Sonne schien durch die Fensterluken. Es war früh, die anderen Mädchen schliefen noch. Sie roch die Feuchtigkeit, die sich draußen in den Ecken des Hofes gesammelt hatte. In ihrem Magen war ein unbekanntes,

weiches Gefühl. Sie streckte sich, und es rieselte warm durch ihre Glieder. Zärtlichkeit stieg in ihr auf für das, was sie umgab, für Licht und Schatten, die schlafenden Mädchen im Saal und für den Leib, den sie unter der Decke spürte.
Als das Morgenläuten ertönte, verschwand die Wärme. Der Tag danach war so trüb und dumpf wie die anderen Tage im Stift. Erst später fiel ihr ein, daß die wunderbare Wärme in ihren Gliedern aus dem Traum gekommen war. Sie war in jener Nacht wieder in dem grünen Licht gestanden. Die Mauern und Simse waren unter dem dichten Blattwerk verschwunden. Der Duft der wuchernden Rebe erfüllte die Luft, die Ranken berührten sie. Aus dem Schatten der Blätter trat eine Gestalt. Sie konnte seine Augen ganz deutlich sehen. Wie nahe das blendende Blau ihr kam. Er war ihr vertraut, er konnte sie nicht mehr erschrecken.

MANCHMAL HÖRE ICH DIE MÜNSTERGLOCKE, und ich weiß nicht, welche Stunde sie schlägt. Früher habe ich mich vor dem Alleinsein gefürchtet. Auch die Nachmittage, die ich in meiner Kammer verbrachte, waren

mit Arbeit ausgefüllt. Wenn am Abend ein Rest des Tages übrigblieb, suchte ich nach dem, was ich ausgelassen hatte. Alles hatte eine Ordnung.
Gut und Böse waren klar geschieden. Wir knieten vor dem Altar und beteten «Ave Maria, gratia plena...», bis all die kleinen Sünden, die wir in der Dunkelheit zu beichten wagten, gebüßt waren. Von Schuld befreit traten wir aus der Kirche. Ich entsinne mich der Leichtigkeit, mit der ich über den Hof ging. Niemals sonst schien die Sonne so hell. Wir waren der Weizen, den er am Jüngsten Tag vom Unkraut trennen wollte, um ihn in seiner Scheune zu sammeln. Auf unserem Altar stand der goldene Kelch bis zum Rand mit dem Blut seines Sohnes gefüllt, und ich war sicher, daß es auch für uns vergossen worden war.
Wir lernten: «In Liebe und Treue zueinander, ein Leben ohne Überfluß und nach Bescheidenheit», und noch bevor ich die Worte schreiben konnte, sah ich mich mit den Frauen im Fronleichnamszug hinter dem Allerheiligsten gehen. Als der Onkel mich vor der Ankunft des Markgrafen holte, betete ich in der Nacht, der Herr möge mich ins Stift zurückbringen. An der Hand seines Engels wollte ich durch die Stadt

gehen, und die anderen Mädchen würden mich voller Ehrfurcht empfangen. Der finstere Ausdruck in Bethes Gesicht wäre verschwunden. Als ich das Trommeln in den Gassen hörte, versteckte ich mich in der Leinenkammer im Haus des Onkels. Ich dachte, der Markgraf sei ein roher Mann wie der Onkel, mit grobem Gesicht und schweren Gliedern. Er begrüßte die Zunftmeister und Ratsherren auf der Straße vor dem Haus. Mit dieser Stimme hatte ich nicht gerechnet. Durch die Fensterluke sah ich seinen Rücken, die Schulter unter dem pelzbesetzten Mantel, den Hals. Zwei Mägde führten mich zu ihm. Ich zitterte, aber es war nicht vor Angst. Wie Myrtenduft, dachte ich, stiegen seine Worte auf und legten sich warm und weich um mich. Sein Mund war breit, die Lippen kaum geschwungen. Sie schienen mir von heimlicher Trauer verzogen.
Sein Gefolge füllte das ganze Haus. Überall breiteten sie ihre Lager aus. Vor der Haustüre hielten sie Wache. Während der Messe standen seine Leute hinter uns in der Thomaskirche, und wir hörten ihr Flüstern. Die Mägde lächelten. Tag und Nacht brannte das Feuer in der Küche. Das Fleisch, das die Knechte nicht essen konnten, steckten sie in die Tasche. Andere saßen in der Gesindestu-

be und spielten Karten. Von der Treppe aus beobachtete ich die Gesten, mit denen der Markgraf seine Männer zurechtwies. Jedesmal wenn er einer Frau begegnete, neigte er den Kopf in einer kleinen, steifen Verbeugung. War es möglich, daß er der Vater war? Ich weiß nicht, wer es mir gesagt hatte. Vielleicht hatte ich es aus Andeutungen und Blicken erraten. Ich hätte nicht gewagt, den Onkel danach zu fragen. Eines der Mädchen im Stift behauptete, ein Vertrauter der Mutter habe mich gleich nach der Geburt ins Haus des Onkels gebracht, damit ich dem Zorn meines Vaters entgehe. Bethe sagte, der Herr im Himmel sei mein Vater. Ich lauschte auf die weiche Stimme des Grafen. Berührte sie mich so, weil ich seine Tochter war?

Als ich eines Morgens aus meiner Kammer kam, hatte das Packen begonnen. Die Kisten, die sich in den Fluren des Hauses gestapelt hatten, wurden auf Wagen geladen. An diesem Nachmittag sprach der Junge im Stall nicht mehr von der Stadt, sondern von dem Heiligen Grab, das sie aus den Händen der Mohren befreien wollten. Wenn er zurückkomme, sagte er, werde er mir einen goldenen Armreif schenken, mit Rubinen besetzt. Im Innern der Steine wären die

Dächer der Stadt zu sehen. Ich warf das Papier, auf dem er die Stadt gezeichnet hatte, ins Feuer.

Noch einmal standen sie hinter uns in der Thomaskirche. Das Klirren ihrer Rüstungen erfüllte den Raum. Der Priester segnete die Waffen. Der Markgraf legte sich das Kreuz um den Hals, das ihm der Rat gegeben hatte. Erst als ich erwachsen war, habe ich mir eingestanden, daß ich gemeint hatte, er sei meinetwegen gekommen. Mußte er nicht wünschen, die verlorene Tochter wiederzufinden? Ich hatte nicht daran gezweifelt, daß die Trauer um seinen Mund von jenem Tag herrührte, an dem die Mutter mich weggegeben hatte. An der Spitze seiner Männer zog er zur Stadt hinaus. Vielleicht hatte ihn tatsächlich nicht nur der Zufall ins Haus des Onkels geführt. Es gab andere Häuser, in denen er Aufnahme gefunden hätte, und er wäre dort genauso willkommen gewesen. Ich wartete am Fenster der Leinenkammer, bis ich das Trommeln nicht mehr hörte.

Am selben Tag schickte der Onkel mich ins Stift zurück. Die Frauen fragten nicht, wie es mir ergangen war, und auch die Mädchen taten, als wäre ich nicht fortgewesen. Bethe schien strenger als sonst. Noch lange wünschte ich mir, ich hätte das Papier mit dem Umriß der Stadt behalten.

Zwei Jahre vor den andern legten Pia und ich das Gelübde ab. Am Tag darauf hieß Bethe mich neben sie sitzen. Sie nahm den Stab mit der kleinen silbernen Hand und deutete auf die Zahlen. Es dauerte Monate, bis ich mich in den Büchern zurechtfand. Jede Eintragung verbarg eine Geschichte, ein vergabtes Haus, eine beliehene Rente, den Tod eines Schuldners. Bethe wurde ungeduldig, wenn ich die Namen verwechselte. Wie ein feines Gewebe breiteten sich ihre Zahlen über die Blätter aus. Ich versuchte, meine schlank und gerade darunter zu schreiben. Nach wenigen Zeilen zerfransten sie in krummen Strichen. Immer wieder tauchte der Name des Provinzials auf den Seiten auf.

Jeden Sonntag kam er ins Stift. Nach der Messe geleitete Bethe ihn zur Pforte. Beim Mittagessen sagte sie uns, wann er die Beichte hören würde. Wenn er keine Zeit hatte, schickte er einen Stellvertreter. Ich kannte den Tonfall in Bethes Stimme, ihr gereiztes Gesicht, und ich wußte, daß ihr Ärger dem Provinzial galt, auch wenn sie ihn über uns ergoß. Aber erst als ich die Leitung des Stifts

übernahm, begriff ich den Grund für ihre Verzweiflung.
Unvermittelt konnte ihn die Wut packen. Seine Miene gefror, und in seiner Stimme dröhnte die Macht dessen, dem man nicht ungestraft widerspricht. Er schrie, bis er selber es nicht länger ertrug und nur ein einziges Mal versagte seine Stimme. Es war ein Sonntag am Ende des Winters. Der Schnee auf den Hausdächern war geschmolzen, die Ziegel schienen brauner als sonst. In den Straßen versanken die Wagen bis zur Nabe im Morast. Die Luft war ungewohnt mild, und sie roch nach Dung. Ich glaube, ich bat ihn um das Geld für das Salmrecht, das er dem Stift wie in jedem Jahr schuldete. Ich tat es auf den Stufen der Kirche, in der Hoffnung, die Nähe des Altars möge den Ausbruch mildern. Doch während die andern in meinem Rücken die Kirche verließen, wuchs der dickliche Mann vor mir zu jäher Größe. Ich stand zitternd unter dem Ansturm seiner Flüche. Plötzlich verstummte er. Es dauerte einen Moment, bis ich begriff, daß sein Blick über meine Schulter hinweg einer Bewegung folgte. Als ich mich umdrehte, sah ich Margareta in der Türe des Refektoriums. Mit gebeugten Schultern, klein und rund, ging der Provinzial davon.

Ich war zufrieden. Ich kannte die alte Geschichte, die sie über ihn und Margaretas Mutter erzählten, und ich dachte, der Himmel habe mir das Mädchen geschickt. Von nun an müsse der Provinzial uns mit andern Augen betrachten. Sein Zorn würde sich nicht mehr über mir entladen, und ich könnte in Ruhe mit ihm verhandeln.
Am nächsten Tag brachte ein Knecht das Geld für das Salmrecht. Ich trug es sogleich zu Pia. Sie konnte nicht länger bestreiten, daß es richtig gewesen war, Margareta im Stift aufzunehmen. So sehr habe ich damals gegen meine Ohnmacht gekämpft, daß ich in Margareta nichts anderes sah, als einen Schild. Ich begriff nicht, daß sie selbst des Schutzes bedurfte.

DIE ÜBELKEIT KAM AUS DER WOLLE. Im Haus der Eltern hatten die Mägde das Spinnen besorgt. Mühelos drehte sich die Spindel am Faden, und die Mägde schwatzten dazu. Im Stift saß Margareta selbst am Rocken. Die Wolle war fettig, ihre Fingerspitzen rieben sich an den Fasern wund. Immer wieder riß der Faden entzwei. Die anderen Mädchen grinsten. Die Frauen zeigten Margareta noch einmal, wie sie die Wolle zwischen Zeigefinger und Daumen zwirnen mußte, während sie mit der anderen Hand die Spindel antrieb.

Am Anfang hatte Margareta den süßlichen Geruch der Wollbüschel kaum bemerkt. Er klebte an ihren Händen, wenn sie am Abend aus der Spinnstube kam. Er legte sich auf ihr Gesicht, und dann rochen auch ihre Kleider danach. Während sie die Wolle zupfte, sammelte er sich in ihrem Magen. Zuerst war es nur ein flaues Gefühl, wie nach einem Schrecken. Aber es kam immer wieder. Sobald Margareta die Stube betrat, überfiel es sie, als brauchte es nur einen Hauch des stickigen Tiergeruchs, um das Schlechte in ihr zum Quellen zu bringen.

Margareta sprach mit niemandem darüber. Während der Faden durch ihre Finger lief, wachte sie unablässig über das Gären in ihrem Magen. Sie saß ganz still. Eine rasche Bewegung konnte der Übelkeit neuen Auftrieb geben, und sie würde ihr die Kehle hinaufsteigen. Sie begann, die Stunden in der Spinnstube zu fürchten. Schon der Gedanke an die schmierige Wolle zog ihr den Leib zusammen. Die Mädchen beobachteten sie von ihren Plätzen aus, ohne die Köpfe zu heben, und ihre Spindeln surrten in der Luft.

Margareta erreichte den Hof noch rechtzeitig. In der dunklen Latrine erbrach sie sich. Die Übelkeit war sofort verschwunden. Sie wusch Hände und Gesicht im Wassertrog hinter der Küche. Es würde erst am nächsten Morgen wieder kommen.

Wie ein eigenartiger Lichtfleck lag sie auf den Fliesen vor dem Altar. Ich bin nicht erschrocken, auch nicht, als ich das Blut bemerkte, das aus ihrer Nase lief. Ein Zucken huschte über ihre Lider und vertrieb die Erinnerung an die Augen unter der steinernen Binde. Margareta erwachte, wie ein Kind, das sich mühsam aus seinen Träumen löst. Sie war verwirrt, und ich ließ sie widerstrebend gehen.

Ich muß die Zeichen schon damals gesehen haben. Der Vorfall hinterließ eine Unruhe in mir. Ein paar Tage danach fanden sie Margareta in der Küche auf dem Boden, später dann im Refektorium.

Ich rief Margareta zu mir. Wie ruhig sie unter der Türe stand. Meine Stimme klang heiser. Ich weiß nicht mehr, was ich sie fragte, was sie zur Antwort gab, aber ich erinnere mich an die plötzliche Stille in der Kammer.

Über den bäumen waren die Türme des Münsters zu sehen, der nördliche, vollendete, von zierlichen Pfeilern getragen, und der kurze, dicke davor, den sie, als ihnen das Geld ausgegangen war, mit Brettern bedeckt hatten. Margareta war noch nie in der Kammer der Priorin gewesen. Sie hatte nicht gewußt, daß ihr Fenster nicht wie die anderen auf den Kreuzgang oder den Friedhof ging. Sie hätte das Haus der Eltern von hier aus sehen können, in den Gassen hinter dem Münster, das Dach wenigstens mit den bemalten Giebelbalken.
Auf dem Tisch lagen Papiere, Schriftrollen und Hefte. Die Kammer war nicht größer als die, in der Margareta im Haus der Eltern geschlafen hatte. Über dem Bett hing ein kleines, blankes Kreuz. Die Wand hatte Flecken. Es roch nach einem Ort, der stets im Schatten ist.

Später versuchte Margareta, sich an Annas Worte zu erinnern. Aber nur das Gesicht der Priorin, als es sich ihr endlich zuwandte, war Margareta im Gedächtnis geblieben. Es war ruhig, freundlich beinahe. Anna schickte sie

an die Arbeit zurück. Während Margareta die Türe hinter sich schloß, sah sie die Priorin nach einer der Schriftrollen auf ihrem Schreibtisch greifen. Einen Moment lang wich die Beklemmung von ihr. Die Entschlossenheit in Annas Gesicht galt nicht ihr, sondern einem anderen, mächtigeren Feind.
Unter den forschenden Blicken der Mädchen verschwand Margaretas Zuversicht wieder. Am Abend, als sie schlaflos in der Dunkelheit lag, kam ihr zum ersten Mal der Gedanke, ihr Vergehen könnte größer sein, als sie vermutet hatte, zu groß, um es mit einer einfachen Buße zu sühnen. Sie tastete nach der Schürfung an ihrem Kinn.
Sie hatte in jenem Augenblick dieselbe überraschende Sehnsucht empfunden wie an Susannas Hochzeit. Eine Leere in ihrer Brust, und ihre Hände fühlten sich schwer an. Das Kirchenfenster hinter dem Altar war mit einem Mal ganz nahe. Sie hatte die verbleiten Fugen noch nie so klar gesehen, die bunten Scheiben wie Teiche dazwischen. An den Rändern begann es zu flackern. Sie verharrte, geborgen in ihrer Lähmung. Wie stark die Farben waren. Das Flackern nahm zu, das Fenster zitterte, und dann riß es entzwei.
In der Ferne hörte Margareta ihren Namen. Sie spürte die Schmerzen im Ellbogen, am

Kinn, und die Kälte der Fliesen. Das Flackern war verschwunden. Das Fenster hinter dem Altar war wieder an seinem Platz. Die Priorin betrachtete sie prüfend. Sie fragte nicht, warum Margareta allein in der Kirche gebetet hatte. Sie ließ sie gehen.
Der Boden schwankte unter Margaretas Füßen. Wenn die Priorin nur nicht sah, wie ungleich ihre Schritte waren.
Erst auf dem Hof spürte Margareta die Feuchtigkeit an ihrem Hals. Als sie das Blut am Brunnentrog abwusch, brannte die offene Stelle am Kinn.
Das nächste Mal geschah es in der Küche und dann noch einmal während des Abendessens im Refektorium. Die Frauen sagten, es sei eine Schwäche, und sie lächelten. Sie gaben ihr eine Brühe. Margareta spürte keine Schwäche, und die Besorgnis der Frauen war ihr unangenehm. Gewiß war es ihre eigene Schuld, daß das Flackern sie zu Boden riß. Sie wünschte, es wäre nicht vor aller Augen geschehen.
Als Anna sie dann zu sich rief, war sie nicht überrascht, Margareta begriff sofort, wovon die Priorin sprach. Auch die Mägde hatten in Wendungen darüber geredet, die nach Alltäglichem klangen. Das also unterschied sie von den andern.

NACHDEM MARGARETA DIE KAMMER VERLASSEN HATTE, war ich zu meiner Arbeit zurückgekehrt, zu den Pachtverträgen, den Jahrzeiten, oder was immer mich in jenen Tagen beschäftigte. Während meine Gedanken um die Zahlen kreisten, ruhte es in der Stille dahinter. In manchen Momenten vergaß ich es, aber es war immer da.

Ich mußte es Pia sagen. Tag für Tag saß sie in der Kammer hinter der Bibliothek. Ich hatte keinen Plan, den ich ihr unterbreiten konnte, keine Lösung, die sie mit einem beiläufigen Nicken gutheißen mochte. Ich fürchtete ihren prüfenden Blick, die Fragen und das stumme Abwägen, an dem sie mich nicht teilhaben ließ. Vor der Abendandacht ging ich zu ihr.

Natürlich wußte ich, daß Pia sich nicht um die Mädchen scherte. Die zerstreute Freundlichkeit, mit der sie ihnen begegnete, diente allein dazu, sie sich vom Leibe zu halten. Die Kasse des Stifts interessierte sie, die Bücher, die sie sich davon kaufen konnte. Ihre schlanken Finger strichen über die Einbände. Auch nach Jahren war das Leder noch glatt und weich. Im Sommer schloß Pia die

Läden, damit das Sonnenlicht nicht auf die Buchrücken fiel, und im Winter ließ sie in der Kammer hinter der Bibliothek den Ofen anzünden, um das Pergament vor Schimmel zu bewahren.

Pia erzählte mir, was sie las, womit sie es verglich und wie sie es bewertete. Ohne Zaudern trennte sie richtig von falsch, und ihre Gewißheit erfüllte mich mit Bewunderung und Neid. Ich mußte jede Zahl, die ich schrieb, überprüfen, immer wieder stieß ich auf Fehler. Unverhohlen spottete Pia über das Unvermögen bekannter Gelehrter, sie bewies mir ihre Verblendung anhand ihrer Schriften. Ich glaubte, Pia möge mich. Als sie einverstanden war, Margareta im Stift zu behalten, dachte ich, es geschähe mir zuliebe. Ich merkte nicht, daß sie ihre eigenen Gründe hatte, und erst viel später begriff ich, daß sie sich von ihren Zielen auch nicht hätte abbringen lassen, wenn sie tatsächlich Zuneigung für mich empfunden hätte.

Pia sagte, wir müßten Margareta verstecken. Eine der Mägde, die das Geflügel brachten, könnte sie sehen oder der Knecht des Provinzials. Sie würden darüber reden. Ein einziges Wort, sagte Pia, aus falschem Mund genügt, um uns auf den Scheiterhaufen zu bringen. Ihre Finger griffen hart ineinander.

Als Kind hatte ich mir nicht vorstellen können, daß Pia die schmalen, ovalen Nägel schneiden mußte. Die Gerüchte um Bethes Tod waren noch nicht lange verstummt, viele würden sich nur allzu gerne daran erinnern. Pias Augen ruhten unbeirrt auf mir. Während mein Blick über die Bücherstapel geglitten war, hatte ich gewußt, daß ich mich auch diesmal fügen würde.

OHNE ZU ZÖGERN GING MARGARETA die Stiege zum Dachstock hinauf. Sie war erleichtert, fast vergnügt, nun da sie die Priorin auf ihrer Seite hatte. Die letzten Tage waren wie im Fieber vergangen. Sie hatte nicht mehr gebetet, seit sie Annas Kammer verlassen hatte. Sie fand keine Worte, die sie an den Vater, den Sohn hätte richten können. Wenn sie nicht auf der Hut war, verschwammen die Gesichter der Mädchen. Starr traten ihre Augen aus den Höhlen, die Münder verzerrten sich, und aus den geblähten Nüstern drang ein höhnisches Zischen. Sobald Margareta sie ansah, waren die Fratzen verschwunden. Aber sie ließ sich nicht täuschen davon.

Es war an einem Winterabend gewesen. Das Haus der Eltern war dunkel. Als die Vesper vom Münster schlug, war Margareta wie immer in die Küche hinuntergegangen. Auf dem Tisch im Flur, wo vor Susannas Hochzeit die Kerzenstöcke gestanden hatten, lag ein Pelz. In runden Tropfen glitzerten die geschmolzenen Schneeflocken darauf. Erst als Margareta mit den Fingerspitzen über sie strich, wurden die Haare darunter strähnig und naß. Es war ein dichtes Fell, das nach Lavendel roch und nach Talg. Aus der Stube drang die Stimme des Vaters, von schrillen Einwürfen der Frau Mutter unterbrochen. Sie redete von einem Roßknecht. Margareta ging auf die Türe zu. Als sie davorstand, hörte sie das Schluchzen. Das Blut schoß ihr in die Wangen. Ohne zu klopfen, öffnete sie die Türe.
Susanna saß auf der Bank neben dem Ofen. Ihre Augen waren verschwollen. Ein roter Striemen lief über ihre linke Wange, von der Schläfe quer hinunter zum Kinn.
Die Eltern verstummten, als sie Margareta unter der Türe erblickten. Sogar Susannas Jammern hörte für einen Augenblick auf. «Geh», flüsterte die Frau Mutter, als koste es sie eine ungeheure Anstrengung, das Wort über die Lippen zu bringen. «Geh hinaus»,

wiederholte der Vater, und nach einer kurzen Pause fügte er «Margareta» hinzu. Erschrocken zog sie sich zurück. Während sie langsam die Treppe wieder hinaufstieg, tönte das «Margareta» ihr in den Ohren.

Susanna hatte stets verschiedene Gesichter gehabt. Das eine war blaß, mit einem geraden Mund. Margareta kannte es von den Stunden, die sie in der hinteren Stube nähten. In müßigen Momenten zupfte Susanna an den Haarsträhnen, die sich aus ihren Flechten lösten. Sie zog sie vor die Augen, bis sie die Spitzen schielend betrachten konnte. Das andere Gesicht war für die Gäste. Sobald ein Besucher den Raum betrat, begannen Susannas Augen zu leuchten. Ihre Wangen waren mit einem Mal hell, und ihr Mund lächelte. Margareta hatte die Schwester noch nie weinen sehen.

Bevor der Morgen graute, hörte Margareta die Knechte den Wagen anspannen. Das Haus war von einem Heulen erfüllt, einer wilden, verzweifelten Klage. Wie ein Windstoß hallte es durch die Gänge, verlor sich, bis die nächste Bö es ergriff. Margareta zog die Decke über sich.

Als sie wieder erwachte, war es still im Haus. Aus den Gassen klangen die vertrauten Geräusche des Morgens. In der Küche steckten die Mägde die Köpfe zusammen. Margareta fragte nicht, was mit Susanna geschehen war. Der Vater mußte sie trotz ihres Flehens zu dem alten Mann zurückgeschickt haben. Sie sah die Schwester nicht wieder. Als sie hinter Anna die Treppe zum Dachstock hinaufstieg, mußte sie an Susanna denken, an den roten Striemen auf ihrer Wange. Margareta würde nicht bei den Eltern Zuflucht suchen.

Sie standen schweigend in dem spärlichen Licht, das durch den Glockenturm in den Dachstock fiel. Anna gab ihr die Decke, den Eimer und den Krug mit dem Wasser. Margareta wagte nicht, sie anzusehen. Sie überlegte, ob sie sich bei Anna bedanken sollte. Sie hätte gerne noch mit ihr gesprochen, aber es schien ungehörig, das Wort an sie zu richten. Erst nachdem Anna gegangen war, sah Margareta sich um. Sie hatte nicht gefragt, wie lange sie auf dem Dachstock bleiben mußte.

ICH HÖRE SCHRITTE – auf den Gängen, im Refektorium und in der Kirche hinter mir. Leise, vertraute Tritte. Gestern glaubte ich, Stimmen in der Bibliothek zu vernehmen, doch als ich eintrat, war niemand da. Auf dem Pult in Pias Stube liegen noch die Bücher, in denen sie vor ihrer Abreise gelesen hat. Ich blättere darin, in einem steckt ein Zettel. «Sie sah zur Sonne auf und sprach: Mit all meinen Wünschen, wünsche ich mich zu Dir...». In regelmäßigen Schnörkeln reihen sich die Buchstaben aneinander, als wären sie von selbst aus der Feder geflossen.

Tagelang hatte Pia mit Bethe über die Sätze gesprochen, die sie verwenden wollte. Sie war ein junges Mädchen gewesen, als sie der Meisterin zum ersten Mal geschrieben hatte. Auch ich hatte die Zeichnungen in dem Buch gesehen: Ein nackter Mensch in roten Kreisen, Gesichter mit Flügeln und andere, aus deren Mund der Wind blies. So exakt

waren die Ränder gezogen, schwarze Kanten um Wolken und Sterne, und links unten in der Ecke saß unter einem kleinen, steinernen Bogen die Meisterin im schwarzen Gewand. Ich konnte nicht glauben, daß sie die Bilder so gesehen hatte. Das Licht mußte heller gewesen sein, die Umrisse in den Strahlen zerflossen, und nicht von diesen breiten Borten umrahmt, die uns von dem Geschauten trennten. Vielleicht waren in den farbigen Flächen noch andere Dinge zu erkennen gewesen, die die Meisterin dem Maler verschwiegen hatte.
Die Antwort aus dem Magdalenenkloster war erst nach Wochen eingetroffen. Die Sätze, die Pia mir daraus vorlas, klangen feierlich. Am gleichen Tag schrieb sie zurück, ihre Augen glänzten. In neuen Worten sprach Pia von Verborgenem, und manchmal schien es mir, sie gehöre nicht mehr zu uns. Die dünnen, versiegelten Schreiben ließen sie die Welt in anderen Farben sehen.

Ich habe nie daran gezweifelt, daß es ein göttliches Licht gewesen ist, das die Meisterin sah – auch als sie auf den Felsen zog. Warum sollte sie ihr Kloster nicht innerhalb der Heidenmauer bauen? Bethe hatte uns von dem Wall erzählt. Seit tausend Jahren stand er tief im Grund verankert rings um den Felsen. Ich stellte ihn mir massiv und klotzig vor wie die Mauer der Stadt.

Ich erkannte ihn nicht, als ich auf dem Weg durch die Wälder mit einem Mal vor ihm stand. Ein grüner Hang stieg zwischen den Tannen auf. Erst als ich ihn genauer betrachtete, entdeckte ich die Buckel unter dem Moos. Niemand weiß, wer die Steine aufeinander geschichtet hat. Im Innern sollen sie durch hölzerne Pflöcke miteinander verzahnt sein. Keiner weiß mehr, in dieser Weise zu bauen, und die Heiden, die versucht haben sollen, den Wall auf die gleiche Art zu erhöhen, seien von den niederstürzenden Blöcken erschlagen worden. Das Moos war weich und feucht unter meiner Hand. Meine Berührung ließ keine Spur zurück. Es müssen viele gewesen sein, die daran gebaut haben, ein langer Zug von Menschen, die schleppten, hoben und schoben, und jemand muß sie geleitet haben. Hat Ehrgeiz sie getrieben oder Angst? Jetzt sagen sie, es sei eine Befestigung wie jede andere, älter nur. Aber der Wall ist zu lang, um bewacht zu werden, und er steigt sanft aus dem Boden des Waldes auf. Er ist nicht schwer zu erklimmen. Gegen innen fällt er steil in die Tiefe. Von welcher Seite haben sie den Feind erwartet? Ein Stück weit ging ich dem Wall entlang. Ich wußte nicht, daß er sich in weiten Schlaufen durch den Wald zieht und nur an einer Stelle in der Nähe des Klosters liegt. Als die Meisterin mit dem Bau der Kirche begann, soll eine Quelle dem Felsen entsprungen sein. Es war nicht mehr nötig, das Wasser in Fässern durch den Wald zu tragen.

Pia muß sich gefreut haben, als sie den Felsen unter ihren Sohlen spürte. An dünnen Stielen wachsen lavendelfarbene Blüten aus den Ritzen. Vielleicht hat sie den moosigen Wall gar nicht bemerkt. Ich kann mir vorstellen, wie sie jetzt mit den andern zu Füßen der Meisterin kniet, eine kleine Gruppe schwarzgekleideter Nonnen, die Hände gefaltet, die Gesichter in Andacht erhoben. All die Jahre wollte Pia zu den Schülerinnen der Frau gehören, die Könige und Päpste lenkt. «Himmel und Erde», sagte sie, «berühren sich auf jenem Felsen». Die Stadt hinter den verschlossenen Toren wird ihr nun unerheblich erscheinen, ihre Jahre hier im Stift vertane Zeit. Ich habe Pia nie gefragt, was in den Briefen stand, die sie erhielt, aber hätte die Meisterin in jener Lichterscheinung nicht auch Margareta erkennen müssen, am Rande vielleicht, abseits der farbigen Ringe?

Jeden Morgen gehe ich zum Rathaus, die neueste Kunde zu hören. Um das Lager der Vorstädter haben sie einen Zaun gezogen, damit die Kinder nicht mehr vor dem Münster betteln. Es ist verboten, nach der Messe vor der Kirche stehenzubleiben, auch das Tragen von Dolchen ist nicht mehr erlaubt. Wer dem Rat einen Verräter nennt, wird belohnt. Am Sonntag predigte der Priester vom Lettner des Münsters, wir sollten um Gottes Beistand beten gegen das Übel, das vor den Mauern und in unseren Herzen lauert. In der Luft ist ein Zittern wie ein Donnerrollen. Tag und Nacht schreien die Schweine in der Gerbergrube. Es heißt, nachts seien Lichter vor der Stadt zu sehen, und ein Schwefelgeruch steige aus den Vorstädten auf.

Die Alten, die noch immer von der großen Belagerung sprechen, wurden im Rat verlacht: Dies sei nicht der Landgraf mit seinen Verbündeten, der aus Willkür und Neid die Stadt erpresse, wie vor fünfzig Jahren, sondern der leibhaftige Böse; keiner wisse, womit man ihn aus dem Land kaufen könne. Daß der Feind sich nicht zeige, um über den

Preis zu verhandeln, sei ein schlimmes Zeichen.
Damals hatte die ganze Stadt gewußt, was im Lager des Landgrafen vor sich ging. Nachdem der Bischof sich auf die Seite der Belagerer geschlagen hatte, weil der Landgraf ihm einen Rebberg versprach, war am nächsten Tag eine Zeichnung an der Rathauswand - der Landgraf und der Bischof in einem Weinfaß gefangen, die dicken Bäuche aneinandergepreßt –, und alle haben darüber gelacht. Heute kann sich keiner ein Bild von dem Feind machen, und manchmal dünkt es mich, er werde die Stadt auch nicht aus der Ebene angreifen.

Eine eigenartige Betriebsamkeit herrscht in den Gassen. Vermummte Gestalten sind unterwegs, und in den Beuteln der Priester und Huren klingeln die Groschen. Als ich gestern um die Mittagszeit am Steintor vorbeikam, saßen die Wachen im Wehrgang und würfelten. Aus der Turmstube drang Gelächter. Ich zögerte einen Augenblick, ob ich am Tor vorbeigehen oder umkehren sollte. Schon früher hatte es geheißen, daß vor der Metzgerstube die Frauen nicht sicher wären. Da öffnete sich die Türe des Wachturms, und eine Gestalt glitt heraus. Im

nächsten Augenblick war sie in der Spiegelgasse verschwunden, und vielleicht habe ich mich getäuscht. Sie erschien mir kleiner im Mittagslicht, ihr Gang war geschmeidig wie der einer Katze. Aber sie trug dasselbe samtene blaue Kleid wie an jenem Tag im Haus des Provinzials.
Ich bin dann doch am Steintor vorbeigegangen – mit festen Schritten. «Nur das Zögern macht den Hasen zum Opfer», hatte Bethe gesagt, als sie mich zum ersten Mal mit einer Botschaft in die Stadt schickte. Ich habe Bethe nicht gemocht. Sie war unberechenbar und hart; noch wenn sie lächelte, lag Mißbilligung auf ihren Lippen. Als wir Kinder waren, sammelte sie unsere Vergehen wie bittere Mandeln in einer Schale, sobald sie voll war, griff sie zur Rute. Mit unerwarteter Heftigkeit bestrafte sie uns dann für ein kleines Mißgeschick und meinte all den Ungehorsam damit, den wir längst vergessen hatten. Ich weiß noch, wie ihre Hände auf meinen Wangen kratzten, wenn sie mich lobte; auch ihre Freundlichkeit erschreckte mich. Erst als sie tot war, und sie mich zur Priorin wählten, begriff ich, was sie mir beigebracht hat.

DER DACHSTOCK WAR GRENZENLOS. Irgendwo mußten die Balken aufeinanderstoßen, aber je länger Margareta ins Dunkel starrte, umso dichter wurde die Finsternis. Sie wagte es nicht, den zugigen Lichtkreis des Turms zu verlassen. Als die Glocke zum ersten Mal schlug, meinte sie, ihr Kopf müsse bersten.

In der ersten Nacht träumte Margareta, die Dunkelheit komme näher. Ein riesiger schwarzer Ball rollte lautlos auf ihren schlafenden Körper zu. Bevor sie sich versah, spürte sie seine Last auf ihren Beinen. Sie wollte fliehen. Unaufhaltsam wälzte er sich weiter, legte sich auf ihren Bauch, ihre Hände. Sie konnte sich nicht bewegen. Mit jedem Augenblick wurde er schwerer. Sie wollte schreien, selbst wenn der Schrei sie verriet. Er drückte auf ihre Brust. Sie öffnete die Lippen. Er griff nach ihrer Kehle, und aus dem Finstern stieß ein dicker, weicher Knebel in ihren Mund.

Margareta erwachte mit klopfendem Herzen. Ihr Kiefer schmerzte. Sie betastete die Bretter, auf denen sie lag. Dann entdeckte sie den Himmel, der sich kaum sichtbar gegen die schwarzen Balken des Glockenturms abhob. Sie wartete mit offenen Augen auf den Anbruch des Morgens.

DIE MÜNSTERGLOCKEN HABEN MICH NICHT GEWECKT. Ich hatte vor, in die Kirche hinunterzugehen und die Kerzen auf dem Altar anzuzünden. Allein wollte ich den Bericht der Heiligen Nacht in der Bibel lesen, und die Worte des Lukas-Evangeliums würden mich an Katharinas Stimme in der Kapelle in der Lichtung erinnern. Aber der Rat hatte das Geläut verboten, denn er fürchtete, der Feind könnte die Mauern stürmen, während uns die Glocken Christi Geburt verkündeten.

Noch ist es dunkel in den Gassen der Stadt. Der Turm des Münsters steht wie ein Rest der Nacht im Himmel. In anderen Jahren brannten zu Weihnachten Kerzen in den Fenstern der Häuser. Jetzt umschließen die Trümmer der Vorstädte die Stadt wie einen Bann. Vielleicht bläst der Wind die Asche aus den Ecken und wirbelt sie über die versengten Äcker. Unter geschwärzten Brettern liegen Scherben, vergessene Kleider, zerfetzt und grau. Mit leisem Knacken sacken die verkohlten Balken zusammen. Auch der Geruch in der Luft ist wohl derselbe, und doch muß diese Zerstörung sich von anderen unterscheiden. Da sind keine Spuren vorangegangener Kämpfe, keine Zeichen der Wut, an denen sich das Feuer entzündete. Der Gedanke an die verbrannten Häuser weckt nicht Mitleid, sondern Abscheu vor kalter Berechnung. Sie haben sie niedergebrannt ohne den Feind zu sehen.

In jenem Sommer vor siebzehn Jahren war der Himmel grau gewesen. Noch bevor die Kronen der Kastanien sich gefüllt hatten, lagen die ersten Blätter auf dem Platz, kleine, hellgrüne Blätter, die sich unter unseren Schritten in Morast verwandelten. Sie sagten, in den Rebbergen fielen die Trauben erbsengroß von den Stöcken. An den Wänden des Stifts stiegen braune Flecken empor. Ich ging alleine zum Provinzial. Es war ein warmer Morgen, und der Staub der Gassen klebte auf meinem Gesicht. Ich hatte Pia nicht bitten wollen, mit mir zu gehen. Sie hielt sich an Bethes Regeln: Ich führte die Geschäfte des Stiftes, und sie führte uns in die Ewigkeit. Sie sah nicht, wie meine Hand zitterte, als ich an die kupferbeschlagene Tür pochte.
Ein junger Mönch führte mich die Treppe hinauf. Als er sich oben nach mir umwandte, erschrak ich. Nie zuvor hatte ich ein solches

Blau der Augen gesehen. Für einen Augenblick vergaß ich, warum ich gekommen war. Er hieß mich in einem kleinen Zimmer warten. An der Wand hing ein Teppich. Es dauerte eine Weile, bis ich in den Mustern die Mauer sah mit den zwei Toren, den Brunnen dahinter. In Karren und Körben trugen sie die Alten heran, halfen ihnen ins Wasser, Männern und Frauen zusammen. Auf der anderen Seite stiegen sie jung und vergnügt aus dem Brunnen heraus. «Ich lobe dich, Gott», stand auf dem Band über den Köpfen der Greise, «ich alter Mann». Über den Köpfen der Jungen aber hieß es: «Da wir gewesen sind wie die Alten, sollst unser Geld gar wohl behalten».
Der junge Mönch geleitete mich in die Stube. Der Provinzial saß in einem gepolsterten Stuhl. Die Worte, die ich mir in der Nacht zuvor zurechtgelegt hatte, zerfielen auf meiner Zunge. Ohne mich anzuschauen, ließ er mich reden. Mitten im Satz war mein Kopf plötzlich leer. Ich spürte die Müdigkeit auf meinen Lidern. Sein Mund verzog sich. «Wer ist es?» Ich sagte noch einmal, daß Margareta schon über ein Jahr bei uns lebte, und daß sie das Stift niemals verlassen hatte. Brüsk stand er auf. Ich dachte, er würde auf mich zukommmen, aber er wandte sich ab

und ging zu dem grünen Ofen in der Ecke des Zimmers.
Die Stille trieb mich erneut zum Sprechen. Ich wiederholte, was Pia gesagt hatte. Als er sich umdrehte, war die Herablassung aus seinem Gesicht gewichen. Er sprach von Demut und daß es nicht allen gegeben sei, die Zeichen des Himmels zu deuten. Ich betrachtete seine dünnen Lippen. Er verlangte Vorsicht, Verschwiegenheit, bis der Allmächtige uns seinen Willen verkünde. Seine mahnende Stimme klang merkwürdig in der niedrigen Stube.
Ich wußte wie jeder in der Stadt, daß der Provinzial sich als junger Mann in Margaretas Mutter verliebt hatte. Sie war das einzige Kind des reichen Hagmanns, und er ein dritter Sohn aus verarmtem Geschlecht. Es hieß, sein Vater sei aus freien Stücken von einem Feldzug nicht heimgekehrt. Keiner von Stand und Namen hätte ihm eine Tochter gegeben, und wäre der Bruder seiner Mutter nicht ein Freund des Bischofs gewesen, hätte ihn auch keiner zum Priester geweiht. Nacht für Nacht stand er vor dem Haus der Geliebten, und nur die Kutte bewahrte ihn davor, in den Kerker gesperrt zu werden. In der Stadt redeten sie. Als der Hagmann seine Tochter dann plötzlich dem

alten Greder zur Frau gab, sagten sie, es sei die Schuld des Provinzials.
Nach der Heirat ließ der Provinzial sie in Ruhe. Aber während er seine Truhen und Keller füllte, seinen Aufstieg durch die Ämter der Kirche verfolgte, mußte in dem engen Herzen ein Rest jener Liebe geblieben sein. Ich hörte Besorgnis in seiner Stimme. War es möglich, in ihm einen Verbündeten zu finden?
Als ich an jenem Morgen vom Provinzial zurückkam, ging ich zuerst in den Kreuzgang. Bethes Rosen blühten. Ihr Leben lang hatte sie versucht, sie an der schattigen Mauer hochzuziehen. Nun bedeckten die Zweige die ganze Wand. Vielleicht war es einfacher, als ich gedacht hatte: Wir würden beten, und Gott würde uns Margaretas Los offenbaren.

MARGARETA GLAUBTE, den Klang der Gebete in der Kirche unter sich zu hören. Sie stellte sich vor, wie die Worte an ihr vorbei zum Himmel aufstiegen, die Wolken durchstießen und im endlosen Blau das Ohr des Allmächtigen erreichten. Mußte mit diesen fremden Bitten nicht auch ihr eigenes Gebet

zu ihm gelangen? Gewiß würde er sich ihrer erbarmen.
Margareta hatte die Kinder vom Fenster ihrer Kammer aus gesehen, im Haus der Eltern, und sie hatte nicht gewagt, sich hinter den Scheiben zu rühren. Die Haare der Mädchen hingen in Zotteln herab, die Kleider waren zerrissen. Im Winter hatten sie Lumpen um die Füße gebunden. Sie warteten im Schatten des Tores, bis die Mägde die Kübel in den Hof hinaustrugen. Flüsternd steckten sie die Köpfe zusammen. Die Mägde jagten sie aus dem Hof, wenn sie die Lumpenmädchen in der Grube entdeckten, und sie verschwanden wie eine Krähenschar, kreischend und schreiend, die erbeuteten Abfälle in die geschürzten Röcke gepackt.
Margareta schloß die Augen und stellte sich vor, die Sonne schiene in den Turm hinein. Vom metallenen Körper der Glocke gespiegelt, fiel das Licht auf sie. Je länger sie dalag, umso deutlicher spürte sie die Wärme, bis sie die Augen dann öffnete. Sie sagte sich, daß es nichts ändere, ob der Himmel grau war oder blau und voll Zuversicht. Aber sie hörte nicht auf, zu hoffen. Ein Windhauch, das Knarren einer Diele, jedes Zeichen wäre ihr recht gewesen, als Beweis, daß Gott sie hörte. Sie dachte, es stünde in ihrer Macht,

seine Gnade zu erlangen, wenn sie nur die richtigen Worte fände, um ihn von ihrer Unschuld zu überzeugen. Sie schloß die Augen wieder. Kam nicht auch die Hoffnung in ihrem Herzen aus seiner Hand? Und weshalb würde er sie hoffen lassen, wenn es keine Aussicht gab, gerettet zu werden?

WOHER IST DER GLAUBE GEKOMMEN, daß uns kein gewöhnliches Unglück widerfahren könnte? Hatte ihn Bethe geweckt in ihrem unablässigen Bemühen, uns vollkommen zu machen, oder haben wir dieses anmaßende Zutrauen von allem Anfang an in uns getragen? Nach drei Jahren kehrte der Zug des Markgrafen in die Stadt zurück. Es war ein blauer Herbst. Ich konnte der Hoffnung nicht widerstehen. Sie war grundlos, ich wußte es, aber sie verzauberte meine Tage. Mit leichtem Herzen ging ich durch die Gänge des Stifts, und nachts lag ich unter den Sternen. Die Erinnerung an die Gespräche im Stall vertrieb meinen Schlaf.

Der Junge hatte ein Lehen erhalten und einen Namen. Niemand fragte mehr nach seiner Mutter, nachdem er sich im Heiligen Land seines Vaters würdig erwiesen hatte.

Sein Gesicht war von einer Narbe entstellt. Er übernahm den Dinghof im Osten der Stadt, feuchte Weiden, von Bächen durchzogen. Jedes Frühjahr schwemmt der Fluß sein Geröll darauf. Es hieß, der Markgraf habe den Ort für ihn bestimmt, abseits seiner eigenen Güter. In den Nächten jenes Herbstes glaubte ich, er hätte ihn selbst gewählt.
Zum ersten Mal lobte Bethe meine Arbeit.
Die Frauen erzählten, die Luft sei aus glühendem Sand gewesen, die eisernen Rüstungen hätten ihnen die Haut verbrannt. Nachts hätten die Heiden ihr Lager überfallen.
Er mußte sich verändert haben. Aus den Schätzen, die er heimgebracht hatte, baute er eine Festung auf dem sumpfigen Land.
An einem Nachmittag führte Bethe Pia und mich in die leere Kirche. Vor dem Altar hieß sie uns niederknien. Sie öffnete den Tabernakel und nahm den Kelch und die Schale heraus. Das ist der Leib und das Blut unseres Bräutigams, sagte sie. Ich betrachtete die zerbrechliche, weiße Hostie.
Ich versuchte, mir sein Knabengesicht vorzustellen, das in der Hitze der Wüste gealtert war, das schüttere Haar und die Narbe, von der alle sprachen. Verneigte er sich nun wie sein Vater vor den Frauen? In meinen Träumen stand ich neben dem verlegenen, jun-

gen Mann, und seine Finger umschlossen mein Handgelenk. Vielleicht hatten sie ihm gesagt, daß ich die Tochter des Markgrafen war, das späte Kind, das der Herr nicht mehr gewollt hatte. Mußte ich ihn Bruder nennen in meinen Gedanken? Zwei Monate nach seiner Rückkehr legten Pia und ich das Gelübde ab.

Da waren die Geschäfte und die Gebete. Ich hatte keine andere Wahl und vielleicht auch keinen anderen Wunsch. Wenn ich nachmittags durch den Kreuzgang ging, hörte ich manchmal den Gesang der Frauen in der Kirche. Einen Augenblick lang glaubte ich dann, den Boden unter den Füßen zu verlieren. Eines Tages würde ich mir Zeit nehmen, ihnen zuzuhören. Lange würde ich stehenbleiben, bis die Klänge mich ganz erfüllten.

Nach vielen Jahren heiratete er. Die Braut war nicht älter als ich im Herbst seiner Rückkehr. Er war längst ein gesetzter Mann, bekannt für seinen Zorn und grausam wie der Vater. Sie sagten, Susannas Mitgift werde seine Gläubiger zum Schweigen bringen. Sie kam aus dem selben Haus, in dem ich aufgewachsen war, dem Haus, das dem Onkel gehört hatte, bis der Rat ihn seiner lauten

Händel wegen aus der Stadt verbannte. Erinnerte der Freier sich an den Stall hinter der Küche, während er in der großen Stube mit dem Greder die Heirat besprach? Ich konnte nicht aufhören, mich über das Leben der jungen Frau zu wundern. Es hieß, jeden Tag bringe ein Bote einen Brief von ihr in die Stadt. Sie mußte noch lieblicher sein als die Mutter, anziehender als die verschlossene Margareta. War sie glücklich, als sie seinen Sohn in den Armen hielt, glücklich wie ich dereinst an dem Tag, an dem ich im Kreuzgang dem Gesang der Frauen lauschen würde?
Die Witwen knieten hinter uns in der Kirche und erzählten einander von ihren Söhnen. Bethe lehrte uns Nachsicht mit den alten Frauen. Die meisten starben im ersten Jahr, nachdem sie zu uns gekommen waren. Ihre Verwandten holten die Särge, um sie in den Gräbern ihrer Männer beizusetzen. Wir zweifelten nicht daran, daß unser Leben Gott gefälliger war, und wir senkten die Gesichter über unsere gefalteten Hände, wie wir es auf den Bildern in den Legendenbüchern gesehen hatten. Uns würde der Teufel mit Truhen voll glitzernder Juwelen verführen, und seine Peiniger würden wir an den glühenden Augen er-

kennen, am Gestank, der aus ihren Mäulern drang. Ohne Bedenken sahen wir Gottes Prüfungen entgegen, und wir erwarteten Großes von ihm. In dem kleinen, rosenbewachsenen Kreuzgang war uns der Himmel ganz nahe und das Naheliegende unglaublich.

Pia hatte spöttisch gelächelt, als ich ihr erzählte, der Provinzial wäre damit einverstanden, daß wir Margareta verborgen hielten. «Mit Gottesfurcht beginnt die Weisheit». Ich merkte nicht gleich, daß dies die Worte waren, die in lateinischer Sprache über der Türe unserer Kirche standen. Ich war erleichtert, als hätten wir Margareta bereits gerettet, und nun bliebe nur noch das Warten. Natürlich hatte ich von andern Frauen hört, in andern Klöstern. Es geschah immer wieder, und es hieß, es gäbe Gegenmittel, Tränke und Bäder, und Frauen, die Hilfe wüßten. Aber es kam mir nicht in den Sinn, danach zu suchen. Ich hatte auch von Wundern gehört. Während ich nachts in meiner Kammer lag, sah ich ein Bild vor Augen: eine junge Frau im Strahlenkranz, und in ihren Armen hielt sie ein lachendes Kind. Weder der Provinzial noch Pia haben mir widersprochen.

SEIN MAUL WAR AUFGERISSEN wie in einem lautlosen Schrei. Er hatte durch das Fenster auf Margareta herabgeblickt, während sie in der hinteren Stube stickte. Manchmal schimmerte seine schmierige Haut im Abendlicht zwischen den Dächern. Die spitzen zurückgelegten Ohren verliehen ihm etwas Hinterhältiges. Gewiß hatte er den Schmerz verdient, den er herausschrie.
Als Margareta zum ersten Mal vom Münsterplatz zu ihm hochblickte, war sie überrascht. Er war kleiner, als sie sich vorgestellt hatte, und er war nicht allein. An allen Ecken krochen wasserspeiende Ungeheuer aus dem Münsterdach. Niemand sah zu ihnen auf. Nach einiger Zeit schaute auch Margareta nicht mehr hin. Sie versuchte, wie Susanna die Augen auf den Boden zu richten, als ließe sich dort etwas Wunderbares finden. Vielleicht würden dann auch ihr die Blicke folgen, wenn sie die Stufen zum Münsterportal hinaufstieg. Während sie zwischen der Frau Mutter und der Schwester in der Kirche kniete und ihre Gebete sprach, dachte sie an die unheimliche Brut, die über ihren Köpfen hauste.

Sie erinnerte sich im leeren Dachstock daran. Das Münster war stets von Murmeln erfüllt gewesen, als werde gleichzeitig in jeder Ecke eine Messe gelesen. Nur an Feiertagen reichte das Licht der Kerzen aus, um in der glitzernden Kuppel über dem großen Altar den Engel, den Stier, den Adler und den geflügelten Löwen zu sehen. Einmal hatte ein Mädchen in der Bank vor ihr gekniet. Ihr dunkles Haar floß in Wellen über ihre Schultern. Als sie den Kopf drehte, sah Margareta ein Gesicht, das sie von Bildern kannte. Kurz vor Ende der Messe erhob die Unbekannte sich. Sie schwankte, zog den einen Fuß wie ein Vogel unter ihren weiten Mantel und schleuderte ihn in einer heftigen Bewegung nach vorne. Ihr Körper knickte zur Seite. Der andere Fuß folgte mit einem kurzen Tritt. Sobald sie das Gleichgewicht wiedergefunden hatte, hob sie den lahmen Fuß erneut. Langsam hinkte das Mädchen zum Münster hinaus, ohne daß sich in ihrem sanften Gesicht etwas gerührt hätte.
Es mußte wenige Tage vor ihrem Eintritt ins Stift gewesen sein. Darum hatte Margareta die Gestalt vergessen.

Auf den Gängen des Stifts liegt Rauhreif, wenn ich morgens aus meiner Kammer komme. Der Schnee drückt auf die Dächer der Stadt. Erst gegen Abend steigt Rauch aus den Kaminen, und an den Scheunentoren hängen jetzt eiserne Schlösser. Meine Schritte lassen Abdrücke auf den weißen Dielen zurück. Vielleicht hatten die Frauen recht, die sagten, es sei gefährlich, im Stift zu bleiben mit seinen vollen Kellern. Sie erinnerten mich an die Geschichten, die Bethe über die große Belagerung erzählt hatte: Auch als ihre Vorräte längst aufgebraucht waren, und sie wie die andern von dem Getreide lebten, das die Stadt ihnen gab, sei das Gesindel noch über die Mauer gestiegen. Aber ich bin mir nicht sicher, ob wirklich sieben Scheiben Salz in der Speisekammer lagen, und auch bei den Schmalztöpfen habe ich mich vielleicht getäuscht.

Das Kreischen der Schweine geht mir durch Mark und Bein. Selbst wenn die Münsterglocken läuten, höre ich es noch, schrille Schreie, als stecke ihnen das Messer des Schlachters im Hals. Es klingt anders als das Klagen des hungernden Viehs. So schrie der alte Schmieder, bevor sie ihm die Zunge abschnitten, weil er nicht sagen wollte, woher die welschen Degen in seiner Werkstatt kamen.

Auf der Lichtung zwischen den Wäldern war mir die Stadt in meiner Erinnerung wie ein Gewächs aus Mauern und Dächern erschienen. In den feuchten Gassen rieben die Leiber der Menschen sich aneinander, und wer auf den Platz hinaustrat, dem riß die Front des Münsters den Blick in die Höhe, weiter und weiter hinauf über Friese und Fratzen, bis ihm das Genick fast brach, beim Anblick des Himmels... Auf der Bank hinter der Kapelle hatte ich an die üppigen emporstrebenden Ranken, die Pfeiler und Stützen gedacht und mich neben Katharina geborgen gefühlt. In jenen Sommernächten glaubte ich manchmal, Katharina ganz nahe zu sein, so nahe, daß ich erschrocken zurückwich. Doch dann entglitt sie mir wieder. Ich habe sie um ihre Gewißheit beneidet. Ich betete, Gott möge auch mich vom Bösen erlösen. Doch wenn ich versuchte, mein Herz zu ihm zu erheben, überkam mich von neuem die Angst. Ich war zu schwach, um zu glauben, daß ich nicht tiefer fiele als in seine Hand. Der Provinzial hatte gesagt: Glaube, und er wird dich halten, mit leiser Stimme, als spräche er zu sich selbst. Katharina hätte ihn nicht gefragt, und der Zweifel in seiner Stimme hätte sie nicht durch die Jahre verfolgt.

In den Frauenklöstern der Stadt waren die Fenster vermauert, seit der Rat die Clarissen auf der Werde vernommen hatte. Jeder Konvent hatte eine Schwester bestimmt, die durch eine Luke in der Pforte mit den Verwandten und dem Gesinde sprach. Die Brüder, die in den Frauenklöstern die Messe lasen und die Beichte hörten, mußten alt sein und beim durchbohrten Herzen des Herrn und seinen zerrissenen Adern schwören, nichts anderes mit den Nonnen zu reden, als Frommes und Züchtiges. Keine Leibrenten, kein Schmuck, kein Silbergeschirr und keine eigenen Stuben, Gewänder aus minderem Tuch, Schweigen bei Tisch, Bescheidenheit in Essen und Trinken. Immer wieder hatte Bethe die Bestimmungen des Rats aufgezählt, wenn die Frauen sich beklagten. Um wieviel größer war die Freiheit bei uns im Stift. Und doch dachte ich, es müßte einfacher sein hinter verschlossenen Türen zu leben, abgeschieden und ungestört, in den Gebeten geborgen. Erst im Garten hinter Katharinas Kapelle wunderte ich mich über all die

Verbote, die wir in der Stadt für nötig befunden hatten.

Siebzehn Jahre lang, seit meinem Weggang, hatte Pia das Stift allein geführt. Es konnte ihr nicht leicht gefallen sein, mich nach all der Zeit um Hilfe zu bitten. Ich sah sie in ihrer Stube. Sie tauchte die Feder in die Tinte und setzte zum Schreiben an. So vertraut war mir diese Geste. Wie zur Probe fuhr die Feder zwei-, dreimal durch die Luft, bevor sie das Blatt berührte. Vielleicht zögerte sie einen Augenblick länger als sonst:«All die Jahre bin ich Statthalterin gewesen und habe das Beste getan, nach meinem Vermögen, um das Stift in Zucht und Ehre zu halten, wie Gott es gebot.»
Ich hörte die Angst in ihren Worten. Ich konnte mir nicht vorstellen, daß ihr Gesicht sich veränderte, aber die Verzweiflung mußte ihr die Kehle zuschnüren. Eine der Clarissen hatte damals ihre Mitschwestern vor den Rat gebracht, aus Gier, hieß es, und aus Eifersucht. Jede der Frauen wurde verhört, und da waren die Briefe, die der Beichtvater der Äbtissin geschrieben hatte. Die Niederschrift der Aussagen wurde vom Rat im ‹Heimlichen Buch› verwahrt. Niemand in der Stadt erfuhr, was die Frauen

ausgesagt hatten. Manche behaupteten, das Zeugnis der Äbtissin sei voll leerer Stellen gewesen, weil der Schreiber nicht wagte, die Namen niederzuschreiben. Als die Weissbrötlerin sich auf dem Rathausplatz die Kutte vom Leib riß, wurde sie zu den Aussätzigen ins Siechenhaus zu St. Jakob gesperrt.
«Die Wahrheit», nur Pia konnte in diesen geraden Linien schreiben. Pia hat sich vor der Schande gefürchtet. Schon damals vor siebzehn Jahren, war es ihr nicht um Margaretas Leiden, ihr Sterben oder um die Seele des ungeborenen Kindes gegangen, sondern allein um die Schande. Was würde die Meisterin sagen, sollte sie je davon erfahren?
Wie gerne ich bei Katharina geblieben wäre. Für einen Augenblick lag die Frage ihr auf der Zunge, und ich wollte ihr sagen, daß ich mir nichts anderes wünschen könnte, als bei ihr zu sein. Aber das Schweigen zwischen uns hatte schon so lange gedauert. Mehr als Worte hat es uns verbunden... Und nun gehe ich wieder durch die Räume des Stifts, in denen die Frauen sich einmal um das Salz in der Suppe zankten. So sehr habe ich mir gewünscht, an einen anderen Ort zu gehören.

Wie ein sonnenbeschienenes Feld lagen die Jahre bei Amama am Anfang der Zeit. Margareta sah sich auf der Bank in der Küche sitzen, vor ihr auf dem Tisch eine blau-weiße Schale mit Milch. Oder war Amamas Kleid blau und weiß gewesen? Aus dem Becher stieg ein süßer Dampf, der den Raum erfüllte. Die Küche war groß. Hinten an der Wand stand der Herd. Dort war das Feuer, die Welt der Erwachsenen. Um den Tisch saßen die Geschwister. Erst im Haus der Eltern hatte Margareta erfahren, daß nur Susanna ihre leibliche Schwester war.
Im Zwielicht des Dachstocks suchte Margareta nach Amamas Gesicht. Sie erinnerte sich an den seifigen Geruch, der ihren Kleidern entströmte, wenn sie den Kopf an die weiche Schulter lehnte. Vorsichtig strichen die rauhen Finger über Margaretas Haar. Sie sah ein Lächeln, eine gerötete Hand, die den Henkel des Kruges umschloß, und sie entsann sich des schweren Atmens, das nachts aus dem großen Bett drang. Aber Amamas Gesicht fand sie nicht mehr. Es blieb verschwunden, und manchmal schien Margareta, auch die Sonne in ihrer Erinnerung werde allmählich blasser.
In manchen Nächten dachte Margareta, die Zeit stehe still, sie allein bete in dem leeren

Dachstock, während die Welt in ewige Finsternis getaucht war. Und die Sonne ward schwarz wie ein härener Sack, die Sterne des Himmels fielen auf die Erde herab, und der Himmel entwich...

DIE TAGE VERGINGEN, Margareta aß die Speisen, die ich ihr brachte, schlief in die Decken gehüllt, und wenn ich am Sonntag nach der Messe den Leib des Herrn zu ihr hinauftrug, empfing sie ihn andächtig, wie man es ihr beigebracht hatte. Ich versuchte, mich an die Berichte zu erinnern über die Berufenen. Hatten jene, die um sie waren, auch diese lähmende Angst verspürt, bevor der Himmel sich auftat für sie? Pia unterbrach mich ungeduldig. Es gab keinen Grund, sich zu sorgen. Gott alleine konnte Margareta retten oder verdammen.

Während ich untätig in meiner Kammer saß, dachte ich an Bethe. Ich hatte nie an die Zauberkraft ihrer Salben geglaubt, und die Bücher, die sie so sorgsam in der Nische hinter dem Bild des heiligen Damian versteckte, waren nicht gefährlicher als die, welche Pia in ihrer Kammer las. Aber sie hätte gewußt, was mit Margareta geschah, sie hätte sie schützen können. «Nur durch Gehorchen», hatte Bethe gesagt, «erwirbt man sich das Recht zu befehlen», und ihre Augen ruhten auf Pia und mir. Bethe glaubte, uns die Antwort auf alle Fragen lehren zu können. Ihre ausführlichen Regeln sollten uns jeder Entscheidung entheben und unser Leben über ihren Tod hinaus ordnen.

Es war ein gewaltsamer Tod gewesen. Monatelang ging er in Bethe um und ließ seine Male zurück, braune Beulen, die über Nacht wie Pilze aus ihrer Haut herauswuchsen. Der Schmerz zerriß ihr die Eingeweide. – Ich betete, sie möge sterben. Ihre Sinne verwirrten sich. Sie sprach von einem Kardinal, der ihr einen Ring geschenkt hatte, mit Gift gefüllt. Sonntag um Sonntag bat ich den Provinzial, er möge sie salben, aber er hatte keine Zeit. Bis ich ihm sagte, sie erkenne uns nicht mehr. Da stieg er in seiner goldbestickten Robe zu ihrer Kammer hinauf. Als er eintrat, hefteten sich ihre Augen auf ihn. Sie hob den Kopf, und plötzlich, in einem unaufhaltsamen Strom, quollen Worte aus ihrem Mund. Der Provinzial stand unbewegt, das Fläschchen mit dem geweihten Öl in der Hand. Während sich Bethes Verwünschungen durch das offene Fenster auf die Gassen

und Plätze ergossen, wich die Verblüffung auf seinem Gesicht allmählich einem hämischen Grinsen. «Hexe», murmelte er, und indem er das Kreuz über sich schlug, verließ er den Raum.
Gewiß hatte Bethe Grund, den Provinzial zu hassen. Anstatt das Gedeihen des Stifts zu fördern, hatte er es wie eine Pfründe geschröpft. All ihre Versuche, ihm beizukommen, waren im Morast seiner Listen erstickt. Aber ihr Zorn konnte nicht allein von ein paar verlorenen Gulden herrühren.
Ich blieb bei Bethe. Der Provinzial kam nicht wieder, und auch die Frauen mieden die Kammer der Kranken von jenem Sonntag an. In der Stadt erzählten sie, man habe den Teufel am Bett der alten Priorin gesehen. Es dauerte nicht mehr lange. Die Beulen platzten, und aus den offenen Schwären sickerte Eiter. Der Gestank trieb mir die Tränen in die Augen. Sie behaupteten, er sei bis vor den Altar des Münsters zu riechen, und ich mußte das Fenster schließen. Als ich die Kammer am nächsten Morgen betrat, fand ich Bethe mit aufgerissenem Mund.
Sie war nicht schwerer als die Tücher, in die ich sie hüllte, und ich legte sie allein in den Sarg. Der Provinzial segnete sie durch den hölzernen Deckel hindurch. Der Tod nahm

den Hetzern das Wort aus dem Mund, aber die Erinnerung blieb in den Köpfen zurück. Bethes Ende verband sich mit dem Namen des Stiftes, als wolle der Allmächtige so ihren Ehrgeiz bestrafen. Auch die Frauen vergaßen es nicht. Sie wichen mir aus, als fürchteten sie, das Übel würde auch mich befallen.
Zwei Tage vor ihrem Tod war Bethe noch einmal zu sich gekommen. Ihre Hand griff nach meiner: «Die Stadt ist voller Elend und falschem Glanz. Wie die Abwässer sammelt sich die Armut in den Kloaken und erfüllt die Gassen mit ihrem Gestank. Im Winter fressen die Ratten die Bettler im Schlaf.» Ihre Stimme klang besonnen. «Die Menschen ducken sich in die Pforten der Kirchen, klammern sich an die Röcke der Priester und Huren.» Vielleicht sprach sie langsamer als gewöhnlich. «Im Schutz ihrer befestigten Wälle sitzen die Herren zu Gericht. In ihrer Schwäche kennen sie keine Gnade, und sie fällen ihr Urteil nach eigenem Sinn. Weil der Blitz sie nicht trifft, glauben sie, es sei im Namen des Herrn.»
Erst nach ihrem Tod begann ich, mich über die Worte zu wundern. Sie hatten verkehrt geklungen aus Bethes Mund. Hatte sie mich warnen wollen?

Noch lange meinte ich, Bethe in meiner Nähe zu spüren. Ich sprach mit niemandem darüber. Aber ich fühlte ihren Blick, und manches war plötzlich unvertraut.

Bethe hatte nicht ahnen können, wie anders es mit Margareta war. Eine Ferne umgab das Mädchen, wenn es zwischen den Novizinnen kniete, und im Schein der Kerzen erschien es mir manchmal wie ein Kristall, aus Wasser und Licht entstanden, gegen alles Böse gefeit. Es konnte kein Zufall sein, daß ihre Mutter sie zu uns gebracht hatte.
Als ich Margaretas Mutter zum ersten Mal traf, trug sie ein schwarzes Gewand. Ich meinte, sie habe mit Bedacht auf jeden Schmuck verzichtet, um ihre Demut zu zeigen. Es war nicht üblich, Bürgertöchter im Stift aufzunehmen. Natürlich hatte ich das Gerücht gehört, der Greder habe sich mit der Heirat der älteren Tochter übernommen, aber ich dachte, es sei der Neid, der ihn ins Gerede gebracht hatte, und achtete nicht darauf. Während ich mit Margaretas Mutter sprach, lagen ihre Hände ruhig im Schoß. Bevor sie sich erhob, strich sie über den Kragen des Kleides, als rücke sie dort eine Kette zurecht. Ihr Ausdruck änderte sich nicht, als ich die Höhe der Mitgift nannte.

Margaretas Eintritt zögerte sich von Monat zu Monat hinaus, und als sie dann kam, brachte die Mutter sie am Sonntag in aller Frühe, während die Leute im Münster knieten. Es gab keine Feier, kein Fest, wie es üblich war. Die Pförtnerin nahm das Mädchen und das Geld in Empfang. Erst viel später erfuhr ich, daß Margaretas Mutter ihr Erbrecht verpfändet hatte, um die Mitgift der Tochter zu zahlen, und wer der Pfandnehmer war.

Ich sah die Mutter erst wieder, als Margareta tot war. Sie hatte die Tochter kein einziges Mal besucht. Wieder trug sie das Kleid aus dickem, schwarzem Tuch. Es war ein sonniger Tag. Sie hatte darauf bestanden, ins Stift zu kommen, als ich sie um eine Unterredung bat. In der kleinen Stube neben der Pforte war es stickig. Der Schweiß glänzte auf ihrem Gesicht. Ich hatte mit Bestürzung gerechnet, Tränen und Mißtrauen, und ich hatte mir meine Rechtfertigung genau überlegt. Aber Margaretas Mutter stellte keine Fragen zum Tod ihrer jüngeren Tochter. Sie ging, wenige Minuten nachdem sie gekommen war. Was hätte sie mir erwidert, wäre ich zwei, drei Monate vorher zu ihr gekommen, um ihr zu sagen, Margareta sei schwanger?

Der erste Schlag war platt und verzerrt, als räuspere sich die Glocke, bevor sie die Stille mit ihrem Klang durchbrach. Es war ein schriller Ton, und für einen Augenblick löschte er alles andere aus. Margareta zählte: Prim, Terz, Sext... So langsam verstrich die Zeit. Sie konnte die Tage nicht mehr unterscheiden. Das Leben im Stift war unerreichbar fern. Die Mädchen mußten wie zuvor in der Spinnstube sitzen. Was hatte Anna ihnen gesagt?

Die Angst nistete sich in Margareta ein wie ein kleines, garstiges Tier. Auf winzigen Pfoten wanderte es in ihr herum und bohrte seine Krallen in ihre Eingeweide. Da war die Übelkeit wieder, bitter und klebrig. Margareta übergab sich nicht mehr in den Tagen auf dem Dachstock. Sie lag still, bis der Krampf vorüber war. Erschöpft schlief sie ein. Wenn sie wieder erwachte, fand sie das Tier in ihrem Magen zusammengerollt, größer und schwerer als zuvor.

Sie hatte die Mägde darüber reden hören, noch bevor die Frau Mutter ihr davon erzählte. Durch das Erkerfenster schien die

Sonne an jenem Tag. Die Frau Mutter hieß sie, auf dem Sessel ihr gegenüber Platz zu nehmen. Die geheizte Luft roch süß. Die Frau Mutter redete leise, in ungewohnten Worten. Immer wieder verfingen sich Margaretas Augen in ihrem Blick. Margareta merkte, wie sie auf den sprechenden Hals starrte, die weiße, sich dehnende Haut. Unter dem Kleid rann der Schweiß in dünnen Bächen an ihrem Körper herab. Sie wollte das Geheimnis nicht wissen, von dem die Frau Mutter mit dieser weichen Stimme erzählte.
Ein Schwindel riß sie aus dem Schlaf, ein mächtiges Drehen, das sie zwang, sich am Bettgestell festzuhalten. Am nächsten Morgen fand sie den Fleck auf ihrem Hemd. Unter dem Rock versteckt trug sie das Bündel in den Hof hinunter und wusch es am Brunnen. Das Blut löste sich nur schwer aus dem Gewebe. Ihre Finger röteten sich unter dem kalten Wasser. Es war zu spät, jemandem davon zu erzählen. Sie blutete weiter. Irgendwann erinnerte sie sich an die Erklärung der Mutter. Das nächste Mal legte Margareta das befleckte Hemd zusammengefaltet zwischen das schmutzige Linnen.

Die geräusche der stadt sind weit entfernt. Es ist still an diesem Morgen, als könne ich die Laute in meiner Nähe nicht mehr hören. Ich träumte, mein Fuß stoße in der Dunkelheit an ein Bündel aus Kleidern und Decken. Ich wußte sofort, was es war, und ich erwachte. Ich versuchte, mich an das Lied zu erinnern, das ich in Pias Büchern gefunden hatte: «Ich komme zu Dir auf einem neuen Pfad, so wie die Wolken in saphirblauer Luft...» Im ersten Tageslicht setzte ich mich an den Tisch, um es aufzuschreiben. Aber die Erinnerung an Margareta lauerte hinter jedem Wort. Bevor die Terz vom Münster schlug, verließ ich das Stift durch die kleine Friedhofspforte. Der Fluß liegt träge in seinem Bett. Früher empfand ich Freude, wenn ich die Häuser im Wasser gespiegelt sah. Nur wenige Leute sind auf der Straße, ein paar Frauen auf dem Weg zur Messe, ein Mann mit leerem Gesicht. Ich schreite an ihnen vorbei, als hätte ich ein Ziel.

Am Tag nach meiner Rückkehr aus dem Tal bin ich zum Münster gegangen. Sie stand so gelassen auf ihrem Platz am Südportal wie eh. Ihr Gesicht unter der Augenbinde war jung. Hatte ich erwartet, sie wäre mit mir gealtert? Ich weiß nicht, welcher Zauber mich als Mädchen beim Anblick der steinernen Gestalt befiel, aber ich bin sicher, daß er noch immer wirkt. Gewiß wäre es anders gekommen, wenn Margareta mich nicht an sie erinnert hätte.

Ich ging weiter um den Chor des Münsters herum in die Krämergasse. Jeder Laden, der vor mir auftauchte, war mir vertraut, und doch hätte ich nicht sagen können, welcher als nächster kam. Auf dem Bauplatz in der Brandgasse steht nun das Haus des Bischofs. Die ganze Stadt war damals zusammengelaufen, um die Knochen der Juden zu sehen, die sie beim Ausgraben für die Fundamente gefunden hatten. Die schwarzen, hieß es, wären von den Verbrannten. Ich verbot den Mägden des Stifts, vor der Grube stehenzubleiben.

In den Chroniken stand, wie sie am Tag, nachdem der neue Rat vereidigt war, die Juden mit Seilen und Netzen eingefangen hatten. Zweitausend wurden verbrannt. Nur jene, die sich taufen ließen, wurden freigesprochen. Bethe erzählte, einer der neuen Ratsherren habe ein junges Mädchen aus den Flammen geholt. Der Rat verteilte Geld und Habe der Juden. Auch das Stift hatte einen Anteil an der Beute erhalten. Als

Bethe tot war, verkaufte Pia die aufgerollten Schriften und auch den Stab mit der kleinen silbernen Hand, mit der Bethe mir die Zahlen gedeutet hatte. Aus dem Erlös bezahlte sie neue Bücher.

Der Rat sammelte noch lange Berichte über die Verschwörung der Juden. An vielen Orten gestanden sie auf dem Rad, sie hätten die Brunnen vergiftet mit Säckchen voll Pulver aus welschen Nüssen. Manche von ihnen zündeten ihre eigenen Häuser an und töteten ihre Kinder im Wissen um ihre Schuld. Der Rat beschloß, hundert Jahre solle kein Jude mehr die Stadt betreten, und als man sie dann doch wieder einließ, mußten sie zwanzigtausend Gulden bezahlen. Als ich ein Kind war, gingen sie mit spitzen, roten Hüten durch die Gassen. Eine der Frauen im Stift behauptete, an einer Hausecke gegenüber dem alten Judenfriedhof sei ein steinernes Gesicht, vom Anblick des brennenden Scheiterhaufens verzerrt. Als ich später danach suchte, waren die Häuser auf jener Seite mit Kalk bestrichen. Die Juden leben schon lange nicht mehr in der Stadt.

Auf dem Platz vor der Seilerstube liegen noch immer die neuen Ziegel. An jenem ersten Morgen nach meiner Rückkehr sah ich die Zimmerleute sie bedächtig aufeinander türmen. Nun sind die Stöße umgekippt. Ein Hammer und Nägel liegen verstreut, eine gefütterte Jacke, als hätten die Männer ihre Arbeit in großer Hast verlassen. Das Pflaster ringsum ist rot gefärbt vom Staub der zerbrochenen Ziegel. Seit die Tore geschlossen sind, wird in der Stadt nichts mehr gebaut. Alle Gassen führen ins Stift zurück. Die kleine Pforte in der Friedhofsmauer ist von der Feuchtigkeit verzogen. Als ich sie aufstoße, rieselt Sand auf mich herab. Der Friedhof erscheint mir mit einem Mal groß, von unzähligen Kreuzen übersät. Wie aufdringlich die Spuren des Todes sind, nun da das Leben aus den Mauern des Stifts gewichen ist.

Damals, in dem Sommer vor siebzehn Jahren, habe ich immer dasselbe Bild gesehen. Plötzlich tauchte es auf und unterbrach meine Gedanken. Sie lag auf dem Dachboden, das Gesicht von mir abgewandt, und über ihr im Turm baumelte die Glocke. Ich habe Margareta nie so liegen sehen, auch am Schluß nicht. Wenn ich auf den Dachstock kam, saß sie stets an einen Pfosten gelehnt.

Ich bin nicht gerne auf den Dachstock gegangen. Mit schwerem Herzen stieg ich die enge Treppe in der Kirchenmauer hinauf. Jedesmal habe ich das Schlimmste erwartet. Mit fahrigen Händen stieß ich die Türe auf, und wenn ich Margareta dann vor mir sah, war ich erleichtert und auch enttäuscht. Sobald ich ihr den Rücken zukehrte, keimte die Angst aufs neue. Das Bild des schlaffen Körpers, die Glocke darüber. Ich war versucht, die Stufen noch einmal hinaufzurennen, um sicher zu sein, ganz sicher, daß Margareta am Leben war. Ich stellte mir vor, ich würde sie in die Arme nehmen und an mich drücken. Jedesmal überkam mich dieser Wunsch, wenn ich die Treppe hinunterstieg, aber ich habe es nie getan.

ETWAS BEGANN SICH ZU VERÄNDERN. Es waren Augenblicke nur, am Anfang, in denen Margareta ihren Körper ganz deutlich spürte. Während die Angst sie immer häufiger packte, füllte sich ihr Leib mit einer fremden Ruhe. Sie sträubte sich dagegen. Die Gelassenheit schien ihre Andacht zu verhöhnen. Sie stockte mitten im Gebet. Minuten vergingen, vielleicht Stunden, ohne Spuren zu hinterlassen. Wenn sie wieder zu sich kam, hatte sie das Gefühl, sich erneut gegen den Willen

Gottes vergangen zu haben. Die unerklärliche Zufriedenheit kam nicht von ihm.
Anna musterte sie. Jedesmal wenn sie den Dachstock betrat, huschten ihre Augen über Margareta. Früher, in den Gängen des Stifts, hatte Margareta geglaubt, Anna sehe sie an, wenn sie mit den anderen Mädchen an ihr vorbeiging. Jemand hatte ihr erzählt, die Priorin habe als Kind im selben Haus gelebt wie sie. Erinnerte sie sich noch an die dunklen Türen, die hohen Schwellen? Sie mußte auch im Erker in der großen Stube gesessen haben unter der Decke, die einem steinernen Spinnennetz glich. Vielleicht hatte sie als Kind auf den aufgeworfenen Fliesen der Küche gespielt, und am Abend war sie der Wand entlang die Treppe hinaufgestiegen, damit die Stufen nicht knarrten. Margareta hatte gehofft, ein heimliches Wohlwollen verberge sich hinter Annas Aufmerksamkeit. Auf dem Dachstock spürte sie, daß sie sich getäuscht hatte. Die Priorin hatte von Anfang an das Böse in ihr gesehen.
Unerwartet kam der Schlaf, zu allen möglichen Zeiten, ohne daß Margareta sich wehren konnte. Es war ein anderer Schlaf als im Schlafsaal oder in der Kammer im Haus der Eltern. Er trug sie auf den Grund eines Sees und hielt sie dort im schwarzen Wasser ge-

fangen. Ihr früheres Leben erschien Margareta unwirklich grell. Sie konnte nicht glauben, daß sie durch die lauten Gassen der Stadt gegangen war. Sie war nicht selber in dem grünen Hof gestanden. War nicht auch die Begegnung auf dem Friedhof ein Traum gewesen? Sie hatte die kleine Pforte in der Mauer zuvor nie bemerkt. Lautlos hatte sie sich geöffnet. Am Blau seiner Augen hatte sie ihn sofort erkannt. Sie erinnerte sich ganz genau an das Erwachen an jenem kühlen, sonnigen Morgen. Sie hatte geträumt. Sie war nie allein auf dem Friedhof gewesen.

SCHON VON WEITEM BLEIBT MEIN BLICK am Umriß des Baumes hängen. Ich bin den Fluß entlang gegangen, vorbei an den Mühlen, der gedeckten Brücke, hinaus zu den Feldern der Gärtner. Von dem Vieh, das die Stadt vor Hunger bewahren soll, ist nichts zu sehen. Die Weiden sind braun, von Hufen aufgewühlt. Der Baum wirft einen seltsamen Schatten. Im ersten Moment scheint mir, er bewege sich. Je näher ich komme, umso merkwürdiger wirkt er – bis ich ihn sehe. Sein Füße schweben ein klei-

nes Stück über den Spitzen des Grases. Er ist jung, ein magerer Knabenkörper in einem zerrissenen Hemd. Die Zweige der Linde liegen wie ein Kranz um den schmerzhaft geneigten Kopf.
Ich kehre um. Erst als ich wieder an der Brücke bin, bemerke ich die Schwäche in meinen Knien. Mein Herz schlägt laut. Vielleicht sollte ich zurückgehen, um die Züge des Toten zu betrachten. Aber ich gehe weiter, als habe die Welt in meinem Rücken sich in Feuer und Schwefel verwandelt. Vor meinen Augen der gesenkte Kopf in den laublosen Ästen.
Ich habe den jungen Mönch nur das eine Mal gesehen, als er mich die Treppe hinauf in die Stube des Provinzials geleitete. Ich habe mir nie überlegt, was aus ihm geworden ist. Er wird jetzt ein gesetzter Mann sein, beleibt vielleicht, mit einer Glatze. Gewiß ist mit den Jahren auch das Blau seiner Augen verblaßt. Ich weiß nicht, warum ich im Gesicht des Gehängten sein Gesicht gesucht habe.
Das Stift ist mir fremd an diesem Abend. Stehend esse ich in der Küche von dem harten Käse, der Wein steigt mir rascher als sonst zu Kopf. Der Mond wirft Schatten an die Wände der Gänge. In meiner Kammer

riecht es nach Moder. Noch während ich das Abendgebet spreche, schlafe ich ein, in meinen Träumen bete ich weiter.
Am nächsten Morgen weckt mich der Regen. In dünnen Fäden fällt er auf das Lager der Vorstädter. Zufällig gleitet mein Blick über den Tisch, das halbbeschriebene Blatt mit Pias Lied, und ich sehe den Tintenfleck. Das Dröhnen in der Luft ist mit einem Mal ganz nah. Seit ich beim Provinzial gewesen bin, habe ich damit gerechnet, daß sie auch hier eindringen werden, wie in die anderen Klöster der Stadt. Aber ich verließ mich darauf, daß sie in den Kellern nach Beute stöbern würden, nachts, wenn ich hinter verriegelter Türe schlief. Wonach haben sie in meiner Kammer gesucht?

KLEINE, FEUCHTE STELLEN bildeten sich auf dem Hemd, dort wo die Brüste den Stoff berührten. Sie verhärteten sich zu gelblichen Flecken. Margareta betastete sie, bog das Tuch zwischen ihren Fingern. Es fühlte sich an wie getrocknetes Blut. Sie versuchte, es auszuwaschen, mit Speichel zuerst und dann im Wasser des Kruges. Aber die

Flecken kamen immer wieder. Sie kratzten auf der Haut.

ICH HABE MARGARETA JEDEN TAG auf dem Dachstock gesehen. Ich merkte, wie ihr Leib sich mit gleichgültiger Schwere füllte. Manchmal blieb ihr Blick in der Ferne hängen. Am Anfang dachte ich, sie sei im Gebet versunken, und ich zögerte. Doch wenn meine Worte sie dann aus ihrer Erstarrung rissen, war ihr Gesicht stumpf. So kommt man nicht aus lichten Höhen zurück. Wie konnte ich glauben, dieses verängstigte Kind trage den Messias in sich?
Ich kann mich nicht entsinnen, in jenem Sommer mit den andern Frauen am Tisch gesessen oder in der Kirche gekniet zu haben. Natürlich waren sie da. Tag für Tag habe ich mit ihnen gesprochen, in den Räumen und Gängen des Stifts. Doch in meiner Erinnerung bin ich allein. Auch in Pias Kammer ertönte nur meine eigene Stimme.
Sie haben wohl geahnt, warum Margareta verschwand. Die Ohnmachten, die Wölbung unter dem Gürtel, es war nicht schwer, die Zeichen zu deuten, und ich kann nicht glauben, daß sie den gierigen Blicken der Frau-

en entgingen. Wegen allem möglichen sind sie zu mir gekommen, wegen der Renten, der Jahrzeiten und dem, was sie auf dem Teller hatten, und immer wieder bedrängten sie mich mit ihrem Rat. Aber als ich ihnen sagte, ich hätte Margareta aufs Land geschickt, da blieben sie stumm. Sie wollten nichts wissen davon. Margareta war nicht von Stand und Namen, sie hatte keine Verwandte im Stift, und vom Reichtum ihres Vaters war nichts geblieben. Viele hatten von Anfang an gesagt, sie gehöre nicht hierher. Es war so einfach, das Unerwünschte zu übersehen, und ich ließ sie gewähren und behielt meine Angst für mich.
Wir lebten weiter, als wäre nichts geschehen, während Margareta auf dem Dachstock eingesperrt war. Jeden Sonntag verwandelte der Provinzial auf unserem Altar den Wein zu Blut. Ich hätte sie zwingen können, mich anzuhören, ich hätte dem Provinzial widersprechen können und auch Pia.
Ich dachte, es kümmere keine, daß Margareta starb, und doch muß sich eine der Frauen daran erinnert haben. Wer sonst hätte Pia drohen können? Ich versuche, mir ihre Gesichter vorzustellen, die selbstgerechten Züge unter den steifen Hauben. Mit welchen Worten haben sie darüber geredet? Wie

haben sie es siebzehn Jahre danach genannt?

MARGARETA BEFÜHLTE IHREN LEIB durch den Stoff des Rockes. Manchmal entblößte sie sich. Furchtsam strich sie im Halbdunkel über das weiße Fleisch. Wenn sie auf dem Rücken lag, war ihr Bauch glatt und weich. Sie dachte an die Zeichnung. Dine hatte sie in einem der Bücher entdeckt. Die Mädchen flüsterten darüber. Zu zweit und zu dritt schlichen sie in die Bibliothek. Margareta tat, als bemerke sie die Aufregung nicht. Das Gelächter unter den Decken im Schlafsaal wurde jede Nacht lauter. Eines Abends boten sie Margareta an, ihr das Bild zu zeigen.

Nach der Vesper, als die andern zum Essen gingen, blieben sie im Kreuzgang zurück. Sie standen dicht beieinander. Margareta spürte den Atem ihrer Begleiterinnen. Sie dachte an die Lumpenkinder. Im Wispern der Mädchen lag eine ungewohnte Vertraulichkeit. Während Margareta im Schatten des Ganges auf Dines Zeichen wartete, packte sie eine wilde Freude. Sie huschte hinter den andern durch den Garten, zwischen die

Sträucher geduckt, als werde sie von einem mächtigen Feind verfolgt. Sie erreichten die Bibliothek, ohne gesehen zu werden. In dem dämmrigen Raum legten sie das Buch vor Margareta hin. Es war eine feine, durchsichtige Zeichnung. Im ersten Moment erkannte Margareta nichts. Sie spürte die Blicke der andern auf sich. Und da entdeckte sie es: ein winziges, nacktes Kind, zusammengerollt wie eine Made, im aufgeschnittenen Bauch der heiligen Jungfrau.
Margareta wußte, daß sie etwas sagen mußte, aber ihr Kopf war leer. Sie konnte den Blick nicht aus dem Netz der Striche lösen. Bevor sie sich versah, klappte das Buch vor ihren Augen zu. Die Mädchen führten sie aus der Bibliothek. Im Refektorium gingen sie auseinander. Margareta blieb allein. Erst mit der Zeit begriff sie, daß die Mädchen ihr das Bild nur gezeigt hatten, um ihren Schrecken zu sehen.
Auf dem Dachstock versuchte Margareta, sich an den kleinen verkrümmten Leib zu erinnern. Hätte sie die Glieder, den Kopf nicht durch die Haut hindurch spüren müssen?

SEIT TAGEN WARTE ICH DARAUF, sie zu sehen. Jedesmal, wenn ich die Speisekammer betrete, fehlt etwas, Heringe aus dem Faß, Mehl, geräucherte Schwarten. Nicht viel aufs Mal, nicht mehr, als man unter einem Mantel verbergen kann. Es stört mich nicht, wenn die Keller des Stifts sich auf diese Weise leeren. Es ist besser, als die Vorräte dem Feind in die Hände fallen zu lassen, und ich kann mich nicht wehren dagegen. Ich habe mir angewöhnt, die Türen laut hinter mir zu schließen, und mit schweren Schritten durch die Gänge zu gehen, so daß die Bohlen unter meinen Füßen knarren. Vielleicht wird er fliehen, wenn er mich kommen hört. Ich halte inne, bevor ich die Küche betrete.
Ich sitze in der Bibliothek, als es geschieht. Ich blättere in Pias Büchern. Jede Seite berichtet von Zeichen und Wundern. Der Schreiber malte kleine Bilder in die Ecken, Figuren zwischen Ranken und Säulen, denen Einzigartiges widerfuhr. In feinen Strömen quellen die Worte daraus hervor und fließen über die Seiten. Aber vielleicht hat sich manches davon tatsächlich zugetragen. – Ein Schatten gleitet vorüber. Mit klopfendem Herzen schleiche ich zum Fenster, um hinauszuspähen.
Sie trägt einen Beutel über der Schulter. Mit

gerafftem Rock steigt sie von der Regentonne aufs Badhaus und von dort auf die Mauer, eine flinke, vermummte Gestalt. Sie kriecht auf allen Vieren bis zu der Stelle, wo das Nachbarhaus an die Mauer stößt, und dann über die Ziegel zum Dachbodenfenster. Ich hatte mir nie vorstellen können, auf welchem Weg der Dieb ins Stift gelangte, aber natürlich war es nicht schwer, in den Estrich der verlassenen Herberge nebenan zu kommen. Unter ihrem Mantel sehe ich den Saum des blauen Kleides.

Ich hatte den Provinzial stets verachtet für seinen Jähzorn und seine Gier. Unersättlich griff er nach allem, was ihm Genuß versprach, nach Tellern und Krügen, Reichtum und Würden, und das Fleisch quoll rosig aus den Ärmeln seiner bestickten Roben. Mit seinem Entsetzen rechnete ich nicht an jenem Morgen vor siebzehn Jahren. Alles Blut war aus seinem Gesicht gewichen, ich hörte, wie die Luft mit einem dumpfen Gurgeln durch seine Kehle drang, und seine Lippen zuckten. Ich dachte, er werde zu schreien beginnen. Aber als sein Mund sich endlich auftat, war nur ein leiser, pfeifender Ton zu hören. Er räusperte sich. Als er mir antwortete, klang seine Stimme ruhig. Wir würden Margareta auf dem Friedhof des Stifts begraben. Ich habe nicht weiter darüber nachgedacht in jenen Tagen, und später gab es so vieles, das ich nicht verstand.

Margareta versuchte, den Gürtel so eng wie früher zu schnallen. Mit aller Kraft zog sie an dem Riemen. Das Fleisch gab nach. Aber schon im nächsten Moment meinte sie, an der Enge zu ersticken. Es gelang ihr nicht, die fremde Weichheit aus ihrem Bauch zu pressen.

Sie betete nicht mehr. All ihre Gedanken waren in dem quellenden Leib gefangen. Der Schlaf überfiel sie. Wenn sie nach Stunden erschöpft erwachte, fand sie ihre Glieder steif und kalt. Eines Nachmittags träumte sie, eine große Blase quelle aus ihrem Leib heraus. Wie der Laich eines riesigen Fisches lag sie auf dem Bretterboden. Margareta wußte, sie mußte sie beseitigen, bevor die andern kamen. Sie griff danach. Die Blase rutschte aus ihren Fingern. An ihren Händen blieb klebrige Flüssigkeit haften. Der Ekel würgte sie. Wieder packte sie zu. Es gelang ihr, das Geschlier ein kleines Stück vom Boden zu heben. Klatschend fiel es auf die Bretter zurück. Die Blase platzte. Entsetzt erkannte sie in dem gallertigen Innern die zerbrochenen Glieder einer kleinen Gestalt, das Gesicht einer tönernen Puppe, gemalte Wimpern über geschlossenen Augen. Von der Stirne quer über die Wangen, durch die Nase bis hinunter zum Kinn lief ein klaffender Riß.

Als Margareta erwachte, füllten die Bilder des Traumes den Dachstock. Nur zögernd wich das Grauen und ließ eine große Traurigkeit zurück. Margareta weinte in die Decken hinein, so wie früher an Amamas Schulter.

ES IST FRÜHLING GEWORDEN. Von meinem Fenster aus kann ich die grünen Wipfel hinter der Thomaskirche sehen. Gestern fand ich an der Uferböschung die ersten Schlüsselblumen – am selben Ort, an dem sie jedes Jahr blühen. Ich berührte die Stiele, die Blätter, als könnten sie nicht wirklich sein, und da erst begriff ich, daß ich gemeint hatte, die Zeit stehe still in der verschlossenen Stadt.

Ich habe mich oft über die anderen Menschen gewundert. Ich sah ihre Gesichter, wenn ich durch die Gassen ging, ihre Hände, aber sie waren mir fremd. Es hieß, die Mauern des Stifts seien da, um uns vor ihnen zu beschützen. Wie ein pelzgefütterter Mantel haben uns Herkunft und Reichtum vom ersten Tag an umhüllt. Wir haben die Kälte nie wirklich gespürt. Wir lebten geborgen in einem Haus unter Blinden, die nicht wußten, daß sie das Augenlicht verloren hatten.

Ich habe nie erfahren, warum die Mutter dem Onkel auftrug, mich ins Stift einzuweisen, anstatt in eines der Klöster auf dem Land. Gewiß hätten mich die Mauern der Abteien genauso vor dem Vater geschützt, und ich wäre ihr näher gewesen. Ich wünschte mir, sie würde eines Tages durch die Pforte des Stifts kommen und mich in ihre Arme schließen. Gemeinsam würden wir das Vergangene betrachten, und vielleicht fänden wir das Band, das uns über Land und Zeit zusammenhielte. Wie hatte sie mich fortschicken können? Durch viele Jahre folgte mir die Wut. An dem Tag, an dem ich von ihrem Tod erfuhr, ging ich voller Genugtuung meinen kleinen Pflichten nach, als wäre nichts geschehen.

Es hieß, sie habe sich, nachdem der Markgraf aus dem Heiligen Land zurückkam, im Fluß ertränkt. Doch schien es nicht wichtig, darüber nachzudenken. Vielleicht hätte ich herausfinden können, was ihr widerfahren war, hätte ich damals danach gefragt. Hat sie gehofft, der Fluß würde sie mit sich tragen, wie den Markgrafen einst auf seinem Floß mit dem Sohn ihrer Magd? Es kann nicht lange gedauert haben, bis das Wasser sie erstickte. Vielleicht hat sie, während ihr Körper sich in den Reusen des Flußes verfing,

an die glänzenden Dächer der Stadt gedacht.
Heute scheint mir, ihre Liebe muß sich in dem Entschluß verborgen haben, mich fortzuschicken. Daß ich sie dafür hassen könnte, muß ihr erträglicher erschienen sein, als mitanzusehen, wie ich unter dem Zorn des Markgrafen litt. Zwanzig Jahre war sie mit ihm verheiratet, und sie wußte, was mit ihren Kindern geschah. Während sie in ihren prächtigen Sälen saß, plante sie das Leben ihrer jüngsten Tochter als Widerspruch zu ihrem eigenen, verzweifelt vielleicht oder mit kühlem Vorsatz. – Wir hätten uns nichts zu sagen gehabt, wäre sie durch die Pforte des Stifts gekommen.

Ich habe das Stift in den letzten Tagen nicht mehr verlassen. Seit ich die Tintenspur fand, fällt es mir schwer, meine Kammer zu betreten, wenn ich fort gewesen bin. Der Gestank in der Stadt ist unerträglich geworden. Die Jauchegruben in den Höfen fließen über. Der warme Frühlingsregen läßt das Getreide in den Säcken schimmeln, und aus den Heringsfässern sickert grünlicher Schleim. In einer Woche sind im Lager auf dem Münsterplatz sieben am Fieber gestorben, und im Rat wurde verlangt, man solle die Vorstädter aus der Stadt weisen. Seit sie begonnen haben, das verhungernde Vieh zu schlachten, ist der Fluß braun gefärbt. Es heißt, der Hauptmann habe seine Spitzel auf geheimen Wegen in die Stadt geschleust, und immer wieder wird einer von ihnen vor den Mühlen im Wasser gefunden, mit einem Stein um den Hals und leeren Augenhöhlen.

Am Tag, bevor ich die Stadt verließ, war ich noch einmal zu Pia gegangen. Es war Abend, und sie saß wie immer an ihrem Pult. Ich dachte an das schwarze Haar, das unter ihrer Haube verborgen lag, glänzend und glatt. Ihr Blick glitt über mich, als habe das Gelesene sie geblendet. Vor ihr lag ein Pergament mit braunen Flecken.
Ein halbes Jahr war seit Margaretas Tod vergangen, ein Herbst, ein Winter. Ich sagte, ich sei gekommen, um Abschied zu nehmen. Ich hoffte, ich würde Margareta vergessen, wenn ich das Stift verließ. Die Frauen könnten ohne mich sein. Der Schreiber des Provinzials würde sich um die Pachten kümmern, wie der Rat es von Anfang an gefordert hatte, und Pia säße wie immer in ihrer Stube. In der Betrachtung der Weisheit würde sie die Frauen führen. Während ich

mit ihr sprach, hatte ihr Zeigefinger unbeweglich auf dem letzten gelesenen Wort gelegen. Wir trennten uns hastig. Erst als ich vom Hof aus das erleuchtete Fenster sah, spürte ich die Enttäuschung. Ich hatte gehofft, sie würde mich bitten zu bleiben.

Bethe hat uns von Anfang an, als die zwei Teile gesehen, die gemeinsam das Ganze sind. Am selben Tag ins Stift aufgenommen, fanden Pia und ich uns immer wieder Seite an Seite. Wir gewöhnten uns daran, und da es nichts gab, das uns verband, begannen wir unter Bethes wachsamen Augen das, was uns trennte, zusammenzufügen: Pias kühlen Kopf und meine flinken Hände. So hatte Bethe es sich vorgestellt. Während sie mich hinausschickte, um die Geschäfte zu regeln, ließ sie Pia in ihren Büchern nach der Erkenntnis suchen. Gemeinsam sollten wir den Reichtum ihres Stifts vermehren. All die Feinde, gegen die Bethe sich ihr Leben lang hatte wehren müssen, sollten wir, wenn die Zeit an uns war, mit vereinten Kräften überwinden, und weil wir stark genug wären, müßten wir nicht mehr um die Gunst der Mächtigen bitten.
Wir lernten rasch, was Bethe uns lehren wollte, zu rasch vielleicht, und von den Hoff-

nungen der alten Frau verführt, hielten auch wir uns bald für unbesiegbar. Wir glaubten, unsere Leben würden von göttlicher Hand zu einem einzigen starken Band geflochten. So selbstverständlich war es uns, nebeneinander zu gehen, daß wir es nicht bemerkten, als unsere Wege sich trennten; und wie wir den Graben dann entdeckten, stellten wir fest, daß wir nicht wußten, wie eine Brücke schlagen. Unsere Freundschaft war nicht mehr als zufällige Gleichzeitigkeit. Es geschah in vielen kleinen Begebenheiten. Erst im nachhinein haben wir die Geschehnisse zu einem Ereignis zusammengefügt, in der Hoffnung, eine Erklärung zu finden. Wir haben uns eine Geschichte zurechtgelegt, jede für sich, und haben versucht, daran zu glauben. Pia ist es gelungen, mir nicht.

ZUERST DACHTE MARGARETA, sie hätte sich getäuscht. Aber es kam wieder, und sie erinnerte sich, es schon im Schlaf gespürt zu haben. Sie legte die Hand auf den Bauch. Da war es, eine heitere Berührung, als stoße ein Hund sie mit der Schnauze an. Sie mußte lachen im ersten Moment.

Anna stand plötzlich neben ihr. Zum ersten Mal sah Margareta die kleinen, geraden Falten um den Mund der Priorin, als wären ihre Lippen zusammengenäht. Sie mußte Margareta beobachtet haben. Der Teller mit dem Stück Brot zitterte in ihrer Hand. Sie stellte ihn auf den Boden. Ohne ein Wort zu sagen, ging sie hinaus. Margareta preßte die Hände gegen den Leib. Mit beiden Fäusten hämmerte sie dagegen. Es mußte verschwinden. Stunden später spürte sie das Stoßen wieder. Ein langer Span löste sich von der Bodenplanke. Es knackte, als Margareta ihn abbrach. Wenn sie zu bluten begänne, wie früher?

Sie gingen durch meinen Schlaf, und ich erwachte. Reglos lauschte ich in der Finsternis. Ich stellte mir vor, sie trügen weite, dunkle Mäntel. Vielleicht war die Frau dabei mit dem blauen Kleid. Sie würde ihnen die Keller zeigen, oder waren sie früher schon hier gewesen? Eine Türe schloß sich mit einem vertrauten Geräusch. Meine Kammer lag abseits unter dem Dach, das Knarren der Treppe würde mich warnen. Ich glaubte nicht, daß sie nach mir suchten. Sie mußten wissen, daß ich sie nicht hindern konnte. Oder meinten sie, das Stift wäre verlassen? Irgendwo klirrte Glas, aber nicht im Haus. Wie lange würde es dauern, bis ihre Säcke voll waren?

Es ist immer noch dunkel, als ich ihre Schritte wieder vernehme. Sie gehen langsamer nun. Ich meine, sie reden zu hören und ein leises Lachen. Sie kommen über den Hof. Unter meinem Fenster treten sie auf den Münsterplatz hinaus. Meine Glieder sind steif, die Wärme ist aus den Decken gewichen. Gewiß hat die Dunkelheit sie schon verschluckt.

Erst, als es ganz hell ist, verlasse ich meine Kammer. Ich habe gehofft, der Himmel sei blau an diesem Morgen. Im Glanz der Sonne würde mir die Nacht wie ein Traum erscheinen, aber Nebel hängt über der Stadt. Auf dem Küchentisch stehen mein Becher und der Teller vom Abend zuvor. Auch in der Vorratskammer finde ich keine Spuren. Ich wage nicht, in den Keller hinabzusteigen.

Am Nachmittag bemerke ich das zerbrochene Glas auf dem Hof. Die Nebeldecke ist dünner geworden, und die Scherben schimmern matt auf dem Boden. Erst jetzt begreife ich, wofür sie gekommen sind. Im ersten Moment wirkt die Kirche wie immer. Hastig blicke ich mich um. Ich hatte erwartet, die Zerstörung müsse mir ins Auge springen. Dann überlege ich, was kostbar ist. Die Kerzenstöcke sind verschwunden. Was ist sonst noch auf dem Altar gestanden? Die Türe des Tabernakels ist angelehnt. Den Kelch, die Schale, sogar das bestickte Tuch haben sie mitgenommen. Das Bild der heiligen Ursula fehlt, die anderen Bilder und das Kreuz natürlich, das goldene Kreuz mit den Fasern vom heiligen Rock. Ich setze mich auf die Stufe vor dem Altar. Der Himmel scheint gelb durch die Kirchenfenster. Ich bin müde. Ein merkwürdiger Geruch hängt in der Luft. So haben die Pilger gerochen, die in den Wäldern schliefen. Ich denke an qualmende Feuer und an das blutbraune Wasser des Flußes unter der Metzig. Dort haben sie früher die Kindsmörderinnen ertränkt.

Erst als ich aufstehe, bemerke ich den leeren Sockel. Sie müssen die Figur mit Stricken und Leitern herabgeholt haben. Ich entdecke die zerbrochene Scheibe. Ein Windhauch zerrt an den Spinnweben, die an der Wand über dem leeren Sockel hängen. Jeden Tag habe ich damals vor der Statue

der heiligen Jungfrau gekniet. Manchmal war eine der Witwen hereingekommen, um eine Kerze anzuzünden. Die Flamme erhellte die Gesichter der alten Frauen wie ein plötzlicher Schmerz. Mit geübten Fingern schnippten sie den überflüssigen Docht aus dem brennenden Licht. So hatten sie es einst in ihren Stuben getan. Einige küßten die Füße der Muttergottes, dort wo die Schlange sie nicht berührte, bevor sie die Kirche wieder verließen. Ihre Schritte klangen erschöpft. Würde ich eines Tages auch so sein wie sie?
Pia hatte gesagt: «Bete zur Muttergottes». Heilige Muttergottes erhöre mich. Deine Augen ruhen in mütterlicher Sorge auf dem Kind in deinem Schoß, dem Kind, das die Welt erlösen wird, und es streckt seine Arme nach dir aus, als wolle es sichergehen, daß du den Blick nicht von ihm wendest. Heilige Muttergottes erhöre mich. Die Stille der Kirche saugte mein Gebet in sich auf, lange bevor es dein Ohr erreichte.

SIE ERWACHTE IN DER NACHT. Die Decke war naß. Benommen kroch Margareta aus ihrem Lager und richtete sich auf. Es lief

an ihren Beinen herab. Während sie im Finstern über dem Eimer kauerte, fragte sie sich, ob das Rinnen je aufhören würde. Als es dann doch versiegt war, breitete sie die Decke zum Trocknen aus. Anna sollte nichts merken am nächsten Tag. Sie legte sich auf den Boden daneben. Das Hemd klebte an ihren Beinen. Sie schlief sofort wieder ein.
Die Kälte weckte sie in der Dämmerung. Die Decke war immer noch feucht. Im Halbdunkel waren keine Flecken zu sehen. Margareta roch daran, aber sie entdeckte nur die vertraute Ausdünstung nasser Wolle. Der Himmel zwischen den Balken wurde allmählich heller. Er war bedeckt, wie stets in den letzten Wochen. Margareta saß an den Pfeiler gelehnt. Sobald sie Anna auf der Treppe hörte, wollte sie die feuchte Decke über sich ziehen. Dann sähe es aus wie immer. So still war der Tag. Selbst die Glocke klang fern.
Anna lächelte, als sie den Dachstock betrat. Mit festen Schritten kam sie auf Margareta zu. Sie fragte nach diesem und jenem, als seien sie gewohnt, miteinander zu reden. Sie merkte nicht, daß Margareta unter der Decke fror. Gewiß wäre Anna noch länger geblieben, wären die Antwor-

ten, die sie erhielt, nicht so einsilbig gewesen.
Margareta griff nach dem Span. Sie zeichnete Kreise und Sterne auf den Bretterboden. Manchmal schienen die Striche einen Augenblick auf dem Holz zu verharren. Sie sah sich selbst im matten Licht unter dem Glockenturm sitzen, als stünde sie abseits in der Dunkelheit. Gleichgültig betrachtete sie den gebauschten Rock. Irgendwann schlief sie ein.

VOM MÜNSTERPLATZ DRINGEN SCHREIE herauf und das Bersten von Holz. Es muß aus dem Lager der Vorstädter kommen. Bald wird der Morgen grauen. Ich habe geträumt, ich kniete zwischen Katharinas Frauen in der kleinen Kapelle. Jede sprach ihr Gebet, und jeder wurde verziehen. Auch mir würde vergeben werden, wenn ich darum bäte. Doch die Tränen rannen aus meinen Augen, und mein Blick verschwamm. Ich konnte nicht sehen, nicht sprechen und nicht um Vergebung bitten.
Von all den Bildern, die mir in den Jahren bei Katharina vertraut waren, haben sich nur ein paar im Netz der Erinnerungen ver-

fangen. Der weiche Boden unter den Tannen, die spiegelnde Oberfläche des Wassers, die sich in der Windung des Baches über die Stromschnellen beugte und die Wolken mit sich in die Strudel riß. Eine andere ist neben Katharina im Garten gesessen, und auch die Frauen in der Kapelle kenne ich nur aus dem Traum.

Auf dem Friedhof hinter der Stiftskirche wuchert das Unkraut. Fette, hellgrüne Triebe kriechen über den Boden. Bald werden die Wege darunter verschwinden. Es ist mir nicht gelungen, Margareta zu schützen. Wünsche und Fürbitten haben sie nicht gerettet, und die Liebe, die ich für sie zu haben glaubte, war nicht stark genug. Mein ganzes Leben habe ich im Schutz anderer gelebt. Ich folgte Bethes Befehlen, Pias Ansichten, und ich dachte, dies sei der Preis der Geborgenheit. So sehr habe ich mich vor der Einsamkeit gefürchtet.

Als ich an jenem Morgen auf den Dachstock kam, kauerte sie wie immer an den Pfeiler gelehnt. Schon von weitem bemerkte ich, wie seltsam ihr Arm auf dem Boden lag. Dann sah ich den dunklen Fleck auf den Brettern. Während sich mein Leib krümmte, begann die Glocke im Turm mit leisem Schnarren zu schlagen. Ich hatte nicht gewußt, wie laut sie hier oben klang.

Ein krampf riss sie hoch. Bevor sie sich wehren konnte, floß ein bitterer Saft aus ihrem Mund. Es war hell draußen. Margareta wußte nicht, wie lange sie geschlafen hatte. Sie betrachtete das Erbrochene auf der Decke. Es sah anders aus als die breiigen Speisereste, die sie früher in der Latrine herausgewürgt hatte. Es war ein gelber, zäher Schleim. Margareta suchte nach einem Tuch, um es wegzuwischen. Da war der Schmerz wieder, ein einzelner, langer Stich. Mühelos durchbohrte er ihren Körper. Margareta kannte ihn aus dem Schlaf. Sie legte den Kopf auf das Kissen zurück. Sie würde die Decke auswaschen, wenn es vorüber war.

Der nächste kam nach wenigen Augenblicken. Hilflos verfolgte Margareta, wie er ihren Leib zusammenzog. Sie biß in das Tuch. Während er nachließ, spürte sie eine plumpe Last gegen ihre Lenden drücken.

Allmählich verwoben sich die Stiche zu einem Geflecht von Schmerz. Mit jedem

Atemzug verfing Margareta sich tiefer darin. Der Dachstock war von lautem Dröhnen erfüllt. Aber Margareta ließ sich nicht täuschen. Sie drückte die Zähne mit aller Kraft in den Stoff. Nur die Schuldigen schrien, wenn das glühende Eisen sie traf.

«Es ist besser so», sagte Pia, als wir allein zwischen den schwarzen, namenlosen Holzkreuzen standen. «Requiescat in pace». Wir würden vergessen, unter welchem Margareta begraben lag. Die Sonne breitete die Schatten der Kreuze über die Gräber. Auch ich hatte alles daran gesetzt, es verborgen zu halten, nun gab es keinen Grund mehr, es preiszugeben. Es war nur noch ein Stück Holz auf dem Friedhof hinter der Kirche.
Pia sagte, das Kind hätte alles geändert, selbst wenn der Himmel sich aufgetan hätte. Und wer weiß, ob es nicht doch das Teufelsmal auf dem Rücken trug. Wir hätten uns dem Geheimnis seiner Geburt nicht entziehen können, es hätte uns über die Menschen erhoben oder uns ins Verderben gestürzt. So aber blieb alles beim alten. Der Vater im Himmel würde uns die Verirrung dieses Sommers verzeihen, und

wir könnten weiterhin auf den steinernen Fliesen vor dem Altar um Erlösung beten. Pia sagte, unser Leben würde so sein wie zuvor. Die Erinnerung an Margaretas Tod würde verblassen, und am Anfang glaubte ich ihr.

Von meiner Kammer aus schaute ich in die Wipfel der Bäume. Ich sah die gelben, im Wind sich wiegenden Blätter und wie sie zu Boden schwebten. Ich erinnerte mich des tröstlichen Gefühls, das ich bei diesem Anblick früher empfunden hatte. Aber ich spürte es nicht mehr. Wäre es mir doch gelungen, wie Pia an die Unabänderlichkeit des Geschehenen zu glauben, daran, daß es so kommen mußte, ganz gleich wie ich selbst mich entschied. «Da aber öffnete sich der Himmel, und sie stand in einem lichten Strahlenkranz.» Während ich darauf wartete, hielt ich den Blick auf die gefalteten Hände gesenkt, voller Demut, auf daß ich nicht geblendet würde. So einfach war es gewesen, auf seine Gnade zu bauen, so viel einfacher, als den Zweifel zu hören. War nicht auch sein Sohn erst am dritten Tag auferstanden?

Pia fragte: «Wie wolltest du Margareta denn retten?», und ich hatte keine Antwort darauf. Ich konnte meinem Vergehen kei-

nen Namen geben. War es falsch gewesen, Margareta im Dachstock zu verstecken? Oder hätte ich sie herabholen müssen, als ich den stumpfen Blick in ihren Augen bemerkte. Ich faßte meine Reue in immer neue Worte. Doch der Himmel war leer über mir. Wer sollte mir vergeben?
Der Winter verging und dann der Frühling, doch auch als ich die Wärme der Sonne wieder spürte, war es nicht mehr wie früher. Seit dem Morgen, an dem ich es auf dem Dachstock fand, habe ich in allen Kindern Margaretas Kind gesehen. Mit heimlicher Neugier betrachtete ich sie, und ich glaube, ich fürchtete sie. Aber ich konnte den Blick nicht von ihnen lassen. Die glatten Gesichter, die kleinen Glieder erinnerten mich an das tote Geschöpf. Und es wuchs heran. In all den Jahren seit seiner Geburt wußte ich stets, wie alt es war. Seit jenem Morgen, an dem ich es blutverschmiert zwischen den Decken fand, hielt Margaretas Kind mein Leben in seinen Händen.

EIN WIND WEHTE DURCH DEN TURM HEREIN. Eben hatte die Glocke geschlagen. Es mußte Abend sein. Margaretas Mund war voller Fasern. Später würde sie Wasser trinken. Das Dröhnen hatte aufgehört. Ein kleiner Schmerz nagte an ihr. Wolkenfetzen zogen zwischen den Balken dahin. Sie mußte gähnen. Ihr Körper fühlte sich leicht an, als würde sie ihn im nächsten Moment im Schlaf verlieren. Wolkenfetzen auch in der Dunkelheit, wenn sie die Augen schloß.

Ein Frösteln schüttelte sie. Sie wollte die Decke über sich ziehen, aber der Stoff bewegte sich nicht. Ihre Finger waren taub. Kälte klebte auf ihrem Gesicht. Sie hatte seine Augen ganz nahe gesehen, das strahlende Blau, dem sie nicht ausweichen konnte. «Die Umarmung der Geheimnisse Gottes« hatte es in dem Gedicht geheißen. Ihre Glieder waren eingeschlafen. Wie müde sie war. Selbst das Atmen fiel ihr schwer. Vielleicht hätte sie zwischen den Wolkenfetzen den Himmel erkennen können, wäre es nicht schon Abend gewesen.

In ihrem Leib war ein leises, endloses Sickern, das sie mit sich zog. Sie wurde immer leichter.

NUN IST ES STILL IN DER NACHT. In grauen Schwaden ziehen Wolken über den Himmel, wie der Qualm eines riesigen Feuers. Auf dem Münsterplatz haben sie den Brunnen vernagelt, das Lager der Vorstädter ist leer.

Es heißt: Wie ein kostbarer Stein wird die Stadt einst in der Ebene liegen, glänzend und von hohen Mauern umgeben, mit Toren nach Osten, nach Süden, nach Norden und Westen. Straßen aus Gold, durchsichtig wie Glas, und ihre Tore stehen den ganzen Tag offen. Zu beiden Seiten des Flußes die Bäume, deren Blätter die Menschen heilen.

Ich habe mich daran gewöhnt, in meiner Kammer zu bleiben. Manchmal gehe ich noch auf den Friedhof und betrachte die schwarzen Kreuze. Ich stelle mir das Bündel vor, das wir zu Margareta ins Grab gelegt haben, und wie es allmählich in brauner Fäulnis zerfiel, bis es sich nicht mehr von der klebrigen Erde ringsum unterschied. Tot hat es mein Leben stärker geprägt, als wenn ich es lebendig vom Dachstock heruntergetragen hätte. Ich habe nie an Margaretas Tugend gezweifelt, und heute weiß ich, daß der Herr nicht die bestraft, die er sterben, sondern die, die er leben läßt.

Die Schweine in der Gerbergrube, heißt es, haben sich in einer einzigen Nacht gegenseitig aufgefressen.